嘯虹生詩鈔

邱煒萲·撰

同文書庫·廈門文獻系列 第四輯

廈門大學出版社
XIAMEN UNIVERSITY PRESS
国家一级出版社
全国百佳图书出版单位

图书在版编目(CIP)数据

啸虹生诗钞/邱炜萲撰.—厦门:厦门大学出版社,2019.12
(同文书库.厦门文献系列.第四辑)
ISBN 978-7-5615-7636-6

Ⅰ.①啸…　Ⅱ.①邱…　Ⅲ.①诗集—中国—现代　Ⅳ.①I226

中国版本图书馆 CIP 数据核字(2019)第 262894 号

出 版 人　郑文礼
责任编辑　薛鹏志　章木良
封面设计　李嘉彬
技术编辑　朱　楷

出版发行　厦门大学出版社
社　　址　厦门市软件园二期望海路 39 号
邮政编码　361008
总　　机　0592-2181111　0592-2181406(传真)
营销中心　0592-2184458　0592-2181365
网　　址　http://www.xmupress.com
邮　　箱　xmup@xmupress.com
印　　刷　厦门集大印刷厂

开本　787 mm×1 092 mm　1/16
印张　17.5
插页　3
字数　260 千字
印数　1~1 000 册
版次　2019 年 12 月第 1 版
印次　2019 年 12 月第 1 次印刷
定价　180.00 元

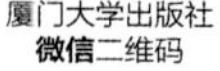

厦门大学出版社
微博二维码

目錄

前言 …… 洪峻峰 一

嘯虹生詩鈔 …… 一

邱菽園詩集敘 …… 康有為 三

嘯虹生詩鈔自序 …… 五

嘯虹生詩續鈔自序 …… 九

嘯虹生詩鈔 …… 一三

嘯虹生詩續鈔 …… 八五

附錄 …… 一三五

邱菽園詩選（附詩友酬唱錄） …… 洪峻峰選編 一三五

前言

《嘯虹生詩鈔》是近代寓居新加坡的閩南籍歷史名人、『南僑詩宗』邱煒萲（號菽園）生前編訂刊行的個人詩集。這部詩鈔刊印於一九二二年，被視為新加坡華人第一部個人舊體詩集，風行一時，但近百年來未曾重印，今已頗為罕見。今據筆者私藏本影印，收入『同文書庫・廈門文獻系列』第四輯予以重刊。

一

邱菽園（一八七四—一九四一），乳名得馨，初名徵蘭，後改名煒萲，字萲娛，號菽園，又有嘯虹生、星洲寓公等別號；以『菽園』號行。福建海澄三都惠佐社（今屬廈門市海滄區新陽街道新垵村）人。其姓古作『丘』，前人因避孔丘諱改為『邱』；而他晚年又從丘逢甲倡議回復本姓，改『邱』為『丘』。其父邱篤信（一八二〇—一八九六），字正中，號勤植，二十歲時往新加坡謀生，後經營米業致富，是當地著名華商。邱菽園兩歲時隨母到澳門依中表居住，八歲時隨父到新加坡，十五歲回海澄就學，習舉子業。一八九四年鄉試中舉，一八九五年赴京參加會試，落第。在京期間經歷了康有為發動的『公車上書』等事件。翌年赴新加坡，不久其父病逝，他繼承遺產，成為僑商巨富。一九〇〇年，他迎流亡海外的康有為到新加坡，參與維新派在海外的活動；又捐獻鉅款，資助唐才常自立軍在國內起兵勤王。舉兵事敗，他被指為勤王的主要策劃者且『遙預軍事』，遭到清廷的追查、脅迫。邱菽園作為毀家紓難的維新志士被載入史冊。他長期寓居新加坡，遠離故土，自扶柩送父歸葬故里於一八九七年重返新加坡後，僅在一九二〇年歸國回厦門一次。然而，他一生的業績及其影響，使他不僅歸屬於新馬歷史，也歸屬於中國近代歷史。

在新馬近代史上，邱菽園是早期華人社會文化事業的重要開拓者和領軍人物。他於一八九九年與林文慶等創辦新加坡華文女子學校，推廣華文教育。先後創辦《天南新報》（一八九八年）、承辦《振南日報》（一九一三年）、出任《星洲日報》副刊主任（一九二九年），鼓吹維新，引領輿論。又先後創立麗澤社（一八九六年）、樂群社（一八九七年）、檀社（一九二四年）等詩社文社，主持會吟社，刊行《檀榭詩集》等一批詩集，推動新馬華文詩壇發展。他著述甚富，主要有筆記著作《菽園贅談》《五百石洞天揮麈》《揮麈拾遺》，詩集《嘯虹生詩鈔》《菽園詩集》等。邱菽園在新馬華人文化事業上的成就是多方面的，但以詩作最顯著，被尊為『南國詩宗』『南僑詩宗』。新加坡學者李元瑾教授指出：『邱菽園在新加坡倡立麗澤和樂群二文社，在新馬、香港、廣州和上海等地報章上與各地名士唱和，從事大量寫作和出版，被譽為南洋第一詩人，既洗滌小島荒氣，也使星洲成為南洋詩壇重鎮，更讓新馬在中國近代詩史上找到銜接點。他於是成為中國近代海外詩人的特殊案例。』（李元瑾：《東西文化的撞擊與新華知識分子的三種回應——邱菽園、林文慶、宋旺相的比較研究》，新加坡國立大學中文系、八方文化企業公司二〇〇一年版，第四一頁）這也就是邱菽園在中國近代詩史上的特殊地位。

二

《嘯虹生詩鈔》含《嘯虹生詩鈔》（四卷）和《嘯虹生詩續鈔》（三卷），一冊，線裝，鉛印本，封面書名係平子（即狄葆賢）題簽。卷首有康有為序和作者自序。康氏《邱菽園詩集敘》作於壬戌年（一九二二）秋，邱氏詩鈔自序作於丁巳年長至（一九一七年六月二十二日），續鈔自序未署日期。從三篇序言可知，此詩集為邱菽園自行編訂，詩鈔四卷係一九一七年編，詩續鈔三卷則於一九二二年編成。

此書刊印情況不詳。書序透露了若干信息，如康序稱『吾索其近作，菽園謂正集未編，手寫此鈔來滬』；續鈔自序言明『請於南海先生為我印行』。此外，康有為一九二三年致邱菽園的一封信談論了此書刊印事宜。此札原件曾在北京誠軒拍賣有限公司二〇一四年秋季拍賣會上出現，釋文如下：

連得詩三冊並書悉。久不讀弟詩，頃日披誦，九天珠玉，應接不暇。序文當撰，並請遺老題之。惟鉛板活字太惡俗，不可觸目，鄙意未敢謂然，望弟思之。（校對誠難，當令小婿校之）再復，即問

菽園仁弟近祉。

有為白

五月十日

吾將再遊廬山，最好弟能早到同遊，至盼。更甡又啟。

這是康有為的復函，時間為一九二二年五月初十日（六月五日），有鈐印二枚，一為『康有為印』，另一為『維新百日出亡十六年三週大地遊遍四洲經卅一國行六十萬里』。邱菽園原信已佚。

從書序及康氏信札可知，此書係康有為為邱菽園刊印。緣起是康有為向作者索觀近作；邱氏為此寄新編詩手抄稿三冊，同時請康氏為其刊印。康有為在信中除了答應為詩集作序外，還回答了書的題簽、排印方式和校對等問題，這些事項應是邱氏原信所提及的。後來的結果是：其一，序文已撰，即卷首《邱菽園詩集敘》。其二，封面題簽未請『遺老』，而是由康門弟子狄葆賢題之。狄葆賢（一八七三—一九四一），字楚青（亦作楚卿），號平子，別署平等閣主等，江蘇溧陽人。早年參加康有為發動的公車上書，戊戌政變後流亡日本，後返國參與自立軍勤王活動；一九〇四年奉命在上海創辦維新派報紙《時報》，後獨自在上海開辦經營有正書局。能詩善畫，著有《平等閣詩話》等。其三，排印仍用『鉛板活字』，這可能是邱菽園的堅持。其四，校對的任務應該是落實的，但是舛誤仍然不少。一九二四年十一月十二日，邱菽園在復《臺灣詩薈》主編連橫的信中感歎道：『附新刻《嘯虹生詩鈔》兩冊，訛字頗滋，為有憾耳。』（邱菽園：《復雅堂》，載《臺灣詩薈》第十三號，第六六頁，一九二五年一月）此外，從書札『又啟』可知，邱菽園可能言及擬在近期返國訪舊，或為落實詩集刊印之事，然而實際上並未成行。康同璧撰《南海康先生年譜續編》於一九二二年六月下載：『是月，邱菽園自南洋來，以所著《菽園集》請序。』[康有為撰，樓宇烈整理：《康南海自編年譜（外二種）》，中華書局一九二二年版，第二一四頁」所記不確。

論者多稱此書由康有為（一說康氏女婿羅昌）『出資刊印』。說康氏（或羅氏）『出資』並無確切證據，但邱菽園自一九〇七年破產後生活窘困，已無力承擔刊書費用，需要他人資助；而邱氏詩名在康氏心目中的分量頗重，確有給予資助可能。就在數月之前，康有為於一九二一年九月在為門人陳濤《審安齋詩集》所作序中，把邱氏列為『吾門以能詩名海內者』今存二人之一。在《邱菽園詩集敍》中則寫道：『吾門能詩者甚夥，若麥孺博、潘若海、譚復生、唐紱丞、林暾谷，皆以雄才遠志妙解詩詞。中道往矣，惟菽園與我獨存。』康氏女婿羅昌亦能詩，時任北洋政府駐新加坡總領事，與邱菽園交好。

此書無版權頁或牌記，刊印的時間、地點不詳。有論者認為是在新加坡刊印。其實邱菽園的幾種重要著述都不在新加坡而是在國內刊印，如《菽園贅談》初版刊於香港、再版刊於上海，《五百洞天揮麈》《〈紅樓夢〉分詠絕句》均刻於粵垣，可能當時新加坡的印刷技術不能使人滿意。筆者認為，此書應是在上海刊印。康有為為之印行時寓居上海申嘉園，而上海是當時國內印刷中心，印刷技術最好。從題簽者身份和紙張也可看出端倪。如前所述，康氏原答應為其請『遺老』題簽，而後來卻由弟子狄葆賢題之，此事頗不合理，因為無論從輩分還是聲望看遠不如康氏自題。之所以改請狄氏題簽，很可能是因為他是上海頗負盛名的有正書局老闆，刊印之事要他幫助。對比有正書局同一時期出版的書籍，可以發現，《嘯虹生詩鈔》與其中某些同類書籍在版式上頗為相似，尤其是印刷紙張相同。當然，有正書局主要致力於影印書畫和古籍，並無經營出版現代詩集業務。所以，此詩鈔並非其出版，但可能由其代印。

此書的具體印行時間也不確切，但可以肯定的是，直至一九二三年十一月，邱菽園尚未拿到樣書。當時上海南方大學校長江亢虎到南洋遊歷講學，十一月二十一日到達新加坡後，經中國駐新加坡總領事羅昌（康有為女婿）介紹，往見邱菽園。他回國後著《江亢虎南遊回想記》一書，記沿途所見甚詳。其中《邱菽園君》一篇記錄了與邱氏見面的情況：『今年五十許，蟄居一室中，逃禪以自晦，惟中酒時，尚抵掌慷慨談天下事，如二十年前也。生平著作等身，今亦半歸放佚。檢出《紅樓夢分詠詩》一冊、《揮麈拾遺》二冊見贈。又出示所藏古今印章，所謂五百石洞天也，今存者惟數十方矣。』（江亢虎：《江亢虎南遊回想記》，中華書局一九二八年三月第五版，第一六頁）顯然，邱菽園當時尚無《嘯虹生詩鈔》可贈送。而一九二四年十一月作《復雅堂》函，則言及向連雅堂贈書。當然，書若從上海運至星洲，路途遙遠，交通更不方便，是需要一定時間的。

《嘯虹生詩鈔》出版後未曾重印，今已頗為罕見，以至一些研究者也只得略過。例如，馬來西亞學者譚勇輝的博士論文《早期南洋華人詩歌的傳承與開拓》（二〇一四年）第三章『邱菽園與早期南洋華人詩壇的建構』介紹邱菽園已刊主要著作，共舉九種，而《嘯虹生詩鈔》一書闕如，參考文獻亦未列入；新加坡學者王志偉著《丘菽園詠史詩研究》（新加坡：新社出版，二〇〇〇年版），自謂作為研究對象的一百多首邱氏詠史詩，係從《菽園詩集》和《庚寅偶存》二詩集輯得，而《嘯虹生詩鈔》則被略過。顯然，重刊《嘯虹生詩鈔》，使之得以重新流傳，是很有必要的。

三

邱菽園《嘯虹生詩鈔》計選錄一八九〇年至一九一七年間所作詩詞二百〇一題四百五十一首，從內容上看，誠如作者自序所言，多數為『歷年所為佚遊及豔體詩』（《嘯虹生詩續鈔自序》）。邱菽園在詩鈔自序中，把這些詩作歸入古人之『無題』詩、『遊仙』詩和『香奩』詩三類。自序云：『菽園居士既編其豔體諸韻言，別署為《嘯虹生詩鈔》，乃輒引其端曰：余之運用此體者有三，我思古人，會心不遠。蘇屬相以閨房喻朋友，瑪志尼視故國為愛妻，則「無題」諸作是，而感懷者屬之。屈靈均哀高丘之無女，莎士比衍神話於長吟，則「遊仙」諸作是，而詠古者屬之。香山居士憶妓多於憶民，伊藤博文醉枕無忘醒握，則「香奩」諸作是，而冶遊者屬之。』（《嘯虹生詩鈔自序》）作者自序中的這段話，對於理解這部以佚遊及豔體為主的詩鈔頗有啟發。

古代『無題』詩不直接用題目來顯露詩的主旨，此類詩往往別有寄託，唐代李商隱的無題詩是其代表。此處舉漢代蘇武（『蘇屬相』當為『蘇屬國』，蘇武官授典屬國）詩為例，蘇武贈別李陵《詩四首》有『結髮為夫妻，恩愛兩不疑。歡娛在今夕，嬿婉及良時』等語，被認為是中國詩文中以夫婦喻朋友之始。『遊仙』詩是以遨遊仙境為主題，藉描述仙境以寄託個人懷抱或象徵人世際遇的一類詩，東晉郭璞《遊仙詩》組詩為其代表。此處所舉屈原『哀高丘之無女』係《離騷》句，《文選》五臣注云：『女，神女，喻忠臣。』邱菽園所舉蘇武無題詩和屈原遊仙詩，有一個共同特徵，就是表面寫女性和情色，實則別有寓意和寄託。顯然，他要表達的意思是，他的這些佚遊及豔體之詩也是如此。

邱菽園所列第三類詩是『香奩』詩，亦即豔體詩。此體以唐代韓偓《香奩集》而命名，指專寫男女之情和婦女身邊瑣事、多綺羅脂粉之語的一類詩。《嘯虹生詩鈔》中此類詩佔多數。對此，邱菽園舉兩例以表明態度。一是日本近代著名政治家伊藤博文，他是日本明治時期首相，因常狎妓作樂，風流韻事不斷，人稱其『醉臥美人膝，醒握天下權』。邱氏強調其『醉枕無忘醒握』，意謂酒色並未影響政事。二是『香山居士』白居易，他任杭州刺史時詩作『憶妓多於憶民』，曾引起後人的爭議。清代詩人袁枚《隨園詩話》卷一云：『《宋蓉塘詩話》譏白太傅在杭州，憶妓詩多於憶民詩。此苛論也，亦腐論也。《關雎》一篇，文王輾轉反側，何以不憶王季、太王，而憶淑女耶？孔子厄於陳、蔡，何以不思魯君，而思及門耶？』（袁枚著，王英志點校：《隨園詩話》，江蘇古籍出版社二〇〇〇年版，第一三頁）宋蓉塘即清人宋燦。『戊戌六君子』之一楊深秀《仿元遺山論詩絕句五十首》之『白居易』云：『鄙論從來出腐儒，頗嫌白傅負姑蘇。懷民憶妓衡多寡，曾見香山樂府無。』（楊深秀：《雪虛聲堂詩鈔》卷三《並垣皋比集》第十五頁；據《戊戌六君子遺集》第六冊，商務印書館一九三七年版）二人都不否認白氏憶妓詩多，但袁枚認為這屬人之常情，不應譏之；楊深秀則認為評論白詩不能糾纏於其憶妓與懷民孰多孰少，而應看他的那些詠寫時事、反映現實的樂府詩。他們的論點，也是爭議中的主流觀點。清末改良派思想家王韜在《〈豔史叢鈔〉序》中云：『昔白香山離杭郡，憶妓多於憶民；杜樊川在揚州，尋春勝於尋友。』（王韜：《〈豔史叢鈔〉序》，《弢園文錄外編·丙》卷九）他徑舉白氏之例，為其輯《豔史叢鈔》尋找依據。而邱菽園舉白居易之例，同樣也是在為詩鈔中的大量豔體詩尋找傳統依據。

邱菽園認為，詩鈔中的佚遊及豔體詩，可歸於上述三類，而這三類詩都是人之情性的表達，古今皆然，且源遠流長。時人也大都把此類詩的寫作視為文人表達真情的一種結習，予以理解和肯定。邱氏『詩中八友』之一潘飛聲在《在山泉詩話》『邱菽園』一則中寫道：『菽園續刊《洞天揮麈拾遺》，於余緣情之作，收錄無遺，並為之注。文人結習，徒增異日笑柄耳。其實，菽園《無題》諸作，亦正工，有其事，有其人，非泛演蒲衣百律者。』（原刊香港《華字日報》一九〇五年六月二十九日；潘飛聲著，謝永芳、林傳濱校箋：《在山泉詩話校箋》卷一，人民文學出版社二〇一六年版，第四五—四六頁）然而，對於他的此類詩，後人也有不同看法。他逝世後其女婿、女兒編印《菽園詩集》（收詩一千多首），便多擯棄，未予收錄。當然，這類詩並不是邱菽園詩詞創作的主流，他自己也認為『兩鈔』並非『正集』。但誠如康有為序中所云：『皆遊戲之作，然多有寄託。其奇情壯採，濃姿活態，勃窣而鬱怒，清深而馨婷，自發逋峭於行間，讀者可論世而知其人也。』（《邱菽園詩集敘》）可以說，這些帶有明顯舊文人習氣的『佚遊及豔體詩』，展示了邱菽園傳奇人生的一個側面，是全面瞭解他的真實生活、社會交遊和文學成就，以及他所處時代和環境下文人生存狀態的原始史料，有其獨特的價值。

四

《嘯虹生詩鈔》的寫作主要在閩南和新加坡兩地，是兩地詩詞和歷史文化研究的重要文獻。一方面，它記述了閩南詩壇的若干軼事，留下閩南近代詩史的文獻資料，可以與邱菽園的《菽園贅談》《五百石洞天揮麈》等詩話、筆記相互參證。

詩集卷一收錄有關邱菽園原配王夫人的幾首詩，即《夜讀，語內子王女士（玫），衍為韻言》、《漫與內子東門女士》、《題亡婦東門女士殘稿後》（二首）等。詩題所云『東門女士』，即其原配夫人王璋拴。邱菽園《菽園贅談》卷一『東門女士』條云：『氏名阿玖，小字玫官，字璋拴，居近郡之東門，又自號東門女士，龍溪人王玉墀游戎長女。』又云：『亡室王氏，幼入蒙塾，粗解文義。歸余後，授以唐宋詩詞，漸獲妙悟。燈下觀余作韻語，輒戲為之。平仄雖調，押韻時復出入。倘假以年，必斐然者。何期結縭二載，遽隕曇花（以光緒辛卯十一月來歸，壬辰九月卒於鼓浪嶼舟次，春秋一十有九）。』

王氏其實就是邱菽園手把手教出來的一位閨閣詩人。《漫與內子東門女士》有句『新詩內子工酬和，舊稿鄰兒當課程。』邱菽園稱：『余壬辰歲，贈東門女士詩，亦有句云：「新詩內子工酬和，舊稿鄰兒當課程。」因余嘗將女士之詩書於字格，以課塾童也。』（邱菽園《菽園贅談》卷二『贈內詩』條）《題亡婦東門女士殘稿後》（二首其二）云：『此是糟糠婦，誰能故劍忘。興詩琴瑟友，藏稿女兒箱。荷葉明珠落，神皋翠羽長。莫傳青鳥使，閑坐鬱金堂。』此詩也言及王氏的『興詩』和『藏稿』。王氏去世後，邱菽園曾輯其遺作，即詩題所言『亡婦東門女士殘稿』，並加以刪潤，得詩十七首，收入《菽園贅談》卷一『東門女士』條。

『東門女士』遺詩《由澄渡海將就醫鼓浪嶼》云：『一帆風飽載書琴，回首江城日影沉。舟疾人疑山卻走，詩狂龍激水聯吟。自將多病秋同瘦，消得閒愁海樣深。今日衝波塵慮滌，何須藥物費追尋。』（《菽園贅談》卷一『東門女士』條）關於赴鼓浪嶼就醫之事，邱菽園壬辰年（一八九二）有《鼓嶼寓次即事》可參照。詩云：『不礙推敲晝掩扉，病妻藥鼎共依依。自將鶴骨同秋瘦，譜入詩心也厭肥。』可見，其時邱菽園陪同妻子寓鼓浪嶼就醫治病。王氏詩首句稱『載書琴』，顯然擬住下；第五句言病瘦，與邱詩第三句相似。同年，邱氏又作《重經鼓浪嶼故寓感題》：『一抹微雲下，年時再繫舟。白沙孤嶼步，紅葉夕陽樓。歸燕窺簾角，棲鴉噪渡頭。虛堂成久坐，無語自勾留。』景物依舊，然佳人已逝，物是人非。詩人獨坐虛堂，黯然無語。

當時潘飛聲在香港《華字日報》連載《在山泉詩話》，特撰『王玖官』一則推介其詩：『東門女士王玖官，為閩海邱菽園觀察夫人，妙才。早世有《〈紅樓夢〉分詠》絕句，人多傳之。而余獨愛其《送外子》一絕云：「襆被匆匆君出矣，迷離殘夢續難成。遙知欲渡滄江漲，應有新愁共水生。」情思無盡。又《偶作》云：「每因病久怯登樓，嵐翠虛延四面幽。卻為愁多閑倚枕，袂涼迫起一天秋。」「迫」字，非病中人不能說出。』（原刊香港《華字日報》一九〇六年四月九日；潘飛聲著，謝永芳、林傳濱校箋：《在山泉詩話校箋》卷三，第二五二—二五三頁）據《菽園贅談》卷一『東門女士』條所錄，前一首題作『壬辰二月，外子應邑侯教之澄』；後一首為《海澄都署雜詩（時家父都戎澄邑，玖侍慈親都署中，且便養疴）》八首之其六，其背景可參見邱菽園《菽園贅談》卷二『贈內詩』條：『其歲（一八九二年）五月，女士以疾歸寧，六月隨其父母來海澄都司任所，延余往襄署中文牘。』《嘯虹生詩鈔》有《外舅王都尉招余夫婦偕住邑中，協鎮衙齋，逭暑清談並出古琴為贈，賦謝》一詩，亦可互參。王氏《〈紅樓夢〉分詠》絕句，《菽園贅談》卷一題作《偶閱〈紅樓夢〉有詠》，輯錄四首，分詠林黛玉、薛寶釵、晴雯、鶯兒。乙未年（一八九五）冬，邱菽園鄉居多暇，因亡妻王氏之詩而發吊古之幽情，作《紅樓夢》分詠絕句百首。後刪存六十二首，又遍徵題詞，獲丘逢甲、潘飛聲等三十多位詩家寄題，編為《〈紅樓夢〉分詠絕句》一冊，於一九〇〇年在粵東省城刊印。此書曾風行一時，在近代紅學史上佔有一席之地。而邱氏亡妻王玖官及其《〈紅樓夢〉分詠》絕句，也隨着此書的風行而為人傳之。

詩鈔涉及的詩人多屬閩粤兩地，與閩南有關者有潘飛聲（蘭史，祖籍同安）、陳海梅（香雪，寓厦）、曾慕襄（宗蔡，龍海人）、林鶴年（氅雲，寓厦）、羅昌（文仲，後任厦門海關關長）等。其中林鶴年是厦門近代著名詩人，邱氏『詩中八友』之一。

林鶴年（一八四六——一九〇一），字氅雲，又字謙章，號鐵林，晚號怡園老人，福建安溪人。官工部虞衡司郎中、廣東道員加按察使銜。一八九二年渡臺承辦臺灣茶稅和船捐等，參與臺灣布政使唐景崧組織的詩社活動。乙未（一八九五年）『割臺』之年參與籌防抗日。同年内渡，移寓厦門鼓浪嶼，辟怡園，創設『怡園聚詠』，後卒於厦。著有詩集《福雅堂詩鈔》十六卷，一九〇三年刊印。

《嘯虹生詩續鈔》卷一有《珠江席次，喜晤林氅雲郎中（鶴年），邀過畫舫，談詩而別》一絕，詩云：『玉舷錦纜酒如泉，簫底相逢白石仙。分向萬荷花裏坐，月明香氣證紅禪。』此題本事見載於邱菽園《五百石洞天揮麈》卷十：林鶴年『有弟靜雲（松年），嘗以道員候選粤東，去歲晤余香江，始通鄉誼。迨先後入省，先生詢知余來，亟屬介弟願得一見。余時返棹將解纜矣，乃命人出城止余，半渡不可，則獨賃畫舫及余，堅請過船，作竟夕談而別。』二人的這次畫舫竟夕談詩，率性隨興，盡顯雅人逸致。後來林鶴年作《邱菽園孝廉〈天外歸舟圖〉》八首，其二云：『春樹歸帆日暮雲，韓潮蘇海要平分。何當樽酒論文夜（去年聚首嶺海），愁絕長城撼岳軍。』（林鶴年著，厦門市圖書館校注：《福雅堂詩鈔》卷十三《燕築集》，厦門大學出版社二〇一六年版，第三七二頁）這裏所言嶺海夜聚論文，指的即此事。

據邱氏言，他與林鶴年也是前一年方結識：『余家距厦只衣帶水，十年來耳熟君名，究未謀。而去歲之夏，余以刻書入粵，客邸萍逢，一見如舊。知余將編輯《菽樊瑣綴》，許以大集見寄，且諄諄以校讎相託。』（《五百石洞天揮麈》卷一）而此後詩書往還，成為詩中知交。邱菽園《揮麈拾遺》卷四云：『鷺雲林君，固余舊交，重以族弟，新聯姻誼，衡門帶水，一葦可杭。每當驛使南來，輒問故鄉梅信，誦君佳作，懷我好音，其意悠然，樂可知也。君詩格沉雄，取材宏富，屢經喪亂而調愈高。』顯然，他對林氏之詩是頗為欣賞的。

庚子年（一九〇〇）八月，邱菽園作《詩中八友歌》（又題《詩中八賢歌》），把林鶴年與康有為、黃遵憲、唐景崧、潘飛聲、丘逢甲、王曉滄、梁啟超一起，列為『詩中八友』。詩中寫林鶴年句云：『林四丰神自一家，絕句高唱天半霞。詩成寄我南海涯，風弦水調銅琵琶。』邱菽園的《詩中八賢歌》在清末詩界頗有影響。此篇一出，遠在澳大利亞的梁啟超即呼應而作《廣邱菽園詩中八賢歌即效其體》（載《天南新報》一九〇一年六月二十五日），而後還有其他仿效其體者（如一九一〇年南社詩人高旭仿作《詩中八賢歌》《後詩中八賢歌》，亦頗流行）。一九〇五年二月，潘飛聲為連載中的《在山泉詩話》撰『邱菽園』一則，轉引邱氏此詩，寫道：『菽園有《詩中八賢歌》，見各家選本，余倖列其中，雖互相標榜，殆亦各有所長者歟。』（原刊香港《華字日報》一九〇五年二月二十二日；見潘飛聲著，謝永芳、林傳濱校箋：《在山泉詩話校箋》卷一，第二三頁）可見，邱氏此詩早已入選多家選本。與此同時，邱氏詩中對林鶴年詩的評論，也獲得詩界的認同。如潘飛聲《讀〈東海集〉題句》有句『八賢詩裏琵琶響』，自注云：『近人《詩中八賢歌》，以「風弦水調銅琵琶」七字擬鷺雲詩。』（林鶴年著，厦門市圖書館校注：《福雅堂詩鈔》卷首，第二六頁）李禧詩《讀林鷺雲丈〈福雅堂集〉》云：『粵海詩壇頌八賢，銅琶水調奏風弦（丈有「風弦水調銅琵琶」之譽，列百粵詩界八賢之一）。』（李禧：《夢梅花館詩鈔》，廈門大學出版社二〇一六年版，第八四頁）李禧係從潘飛聲詩話而獲見邱氏八賢歌。（見李禧：《紫燕金魚室筆記》卷八『林鼇雲為詩中八賢之一』條；林爾嘉、李禧：《頑石山房筆記・紫燕金魚室筆記》，廈門大學出版社二〇一七年版，第四六二頁）一九一一年，邱菽園在贈林鶴年之子林輅存的詩中云：『若翁絕作吾能品，八友吟成悵落霞。』［《贈林景商（輅存）》，見《菽園詩集》卷三］邱氏亦頗以『能品』鼇雲詩自許。

林鶴年之子林輅存也是閩臺近代著名詩人。林輅存（一八七九—一九一九），字景商，號鷺生，又號東海棄民、怡園小主人等。少隨父寓臺灣，一八九五年舉家内渡，居廈門鼓浪嶼。一八九八年以優行增生薦經濟特科，嘗上書條陳新政。變法失敗後被外放，嗣回福建執掌書院，後旅居印尼。辛亥革命後任國會議員、福建暨南局總理等職。曾與其父在鼓浪嶼共組『怡園聚詠』。邱菽園與他也有詩詞交往。他曾寄邱菽園題其《看雲圖》七絕四首，已佚。邱氏亦有贈詩，如上引《贈林景商（輅存）》。此詩頷聯云：『夢裏風濤雙鹿耳，詩中世系一梅花。』（《菽園詩集》卷三）前句『雙鹿耳』指臺灣鹿耳門（在今臺南市安平港）與廈門鼓浪嶼鹿耳礁，後句則用北宋隱逸詩人林和靖『梅妻鶴子』之典，極為雅切。邱菽園《揮麈拾遺》卷四介紹了林鶴年、林輅存父子，稱輅存『才氣横溢，雅負時譽……詩學淵源，尤綽有鼇老雄邁之風』，對他們父子推許甚重。

林鶴年、林輅存父子在廈門鼓浪嶼創設並先後主持『怡園聚詠』，在廈門近代詩史上意義重大。黃乃江著《東南壇坫第一家——菽莊吟社研究》將之歸為三個方面：開創晚清至民國期間廈門地區文人結社的先河；集結了一批臺灣遺民詩人，為菽莊吟社的崛起做了準備；使林鶴年詩『雄深沉鬱』的風格和以詩存史的創作特點對厦門詩壇，包括後來的菽莊吟社產生了影響。（參見黄乃江：《東南壇坫第一家——菽莊吟社研究》，武漢出版社二〇一一年版，第四四—四五頁）『怡園聚詠』的上述重要影響，從一個側面彰顯了林鶴年的詩壇地位；而邱菽園對林鶴年詩的推崇，尤其是列其為『詩中八賢』，對林氏詩詞聲望和詩壇地位的提升是大有作用的。

另一方面，邱菽園的這些詩作，也是新加坡早期歷史文化的見證，可作歷史文獻看。值得特別指出的是，《嘯虹生詩鈔》卷一《重遊星洲，有所懷人愛而不見，感成此闋（調倚『蔔運算元』）》一詞和本書附錄中的《星洲》『連山斷處見星洲』一詩，率先把新加坡稱為『星洲』，具有特殊意義。

眾所皆知，『星洲』為新加坡的別稱，這一別稱係邱菽園所起，僑界同遵，其名遂行。邱氏也一再聲稱是這一名號的首倡者。《五百石洞天揮麈》卷一云：『新嘉坡，猶云泊船口岸也。然余嘗登高阜而望，每當夕陽西匿，明月未升，隔岸帆檣，滿山樓閣，忽而繁鐙遍綴，芒射於波光樹影間者，繚曲廻環，蜿蜒綿亙，殆不可以數計。……島人嘗稱新嘉坡為星嘉坡，向以為譯音之偶異耳。今而後知星字之為美，其在斯乎。況是坡也，一島瀠洄，下臨無地，混然中處，氣象萬千。既以星嘉是坡為之表異，何不以洲名是坡為即紀實耶。乃號之曰星洲，而以星洲寓公自號。』（邱氏粵垣一八九九年刻本）這段話原載於一八九八年五月三十一日《天南新報》第五號（據楊承祖：《丘菽園研究》，見《楊承祖文錄》下，華東師範大學出版社二〇一七年版，第六六五頁），一向被認為是『星洲』這一名號的出處。邱菽園晚年所撰《『星洲』溯源談》（載蘇孝先編：《漳州十屬旅星同鄉錄》，新加坡一九四八年刊印），也只是追溯到一八九八年的《天南新報》。然而，上述一詩一詞係作於一八九六年，這意味著，邱氏提出『星洲』這一地理名稱，其實比報章上所出現的和他晚年所記憶的還早了若干年。也就是在一八九六年，許南英作《送邱菽園觀察回海澄》（二首），其二即有『多少心胸未敢言，星洲何處是龍門』之句。（許南英：《窺園留草》之『丙申年（一八九六）』，臺灣：『臺灣歷史文獻叢書』一九九三年版，第四〇頁）許氏是邱菽園在家鄉結識的詩友，其時剛從閩南來到新加坡，欲投奔邱氏，然恰逢他奉其先封君靈柩回籍，故上引詩其一開頭便有『一刺來投萬里奔，主人先我返邱園』之歎。許南英詩用『星洲』一詞，亦應是受邱氏的影響。

近年新加坡有論者提出，『星洲』這一名稱的首創者並非邱菽園，而是清廷駐新加坡領事左秉隆；出自左秉隆一八八七年所作七律《遊廖埠》尾聯『乘輿不知行遠近，又見漁火照星洲』。對此，已有論者著文辯駁，指出：『星洲』作為一個詞語，中國古典詩詞中早已出現，如初唐盧照鄰《晚渡渭橋寄示京邑遊好》句『長虹掩釣浦，落雁下星洲』等；左秉隆此詩用『星洲』一詞，不過是從古詩中隨手拈來，更像描寫廖內群島點點漁火星羅密佈的海上夜景，事本無意，並未確指新加坡。而邱菽園才是特意把新加坡稱為『星洲』。（杜南發：《話說星洲》，載《聯合早報》二〇一七年一月二日）其實，『星洲』作為新加坡的別稱，也是因為邱菽園的倡導而流行，而為人們所接受的。一九二〇年到南洋考察的梁紹文在《南洋旅行漫記》一書之《海峽遇險記》中寫道：『「星洲」是星架坡的另一名稱，係南洋文豪邱菽園所改；因星架坡是一個海島，四周圍都有水繞着，那些大小船艘都停泊在四周圍，晚上光燈燎亮，萬盞齊明，遠望如眾星朝拱；洲與舟同音而又切近，小舟之燈若群星，島上之燈若北斗，居中而眾星拱，故竟曰「星洲」，人皆和之，其名遂行。』（梁紹文：《南洋旅行漫記》，中華書局一九二四年版，第六二頁）一九四九年釋癡禪瑞于題《菽園詩集》詩其二亦云：『南國談華化，星洲得菽園。島名經肇錫（星洲兩字由居士首唱），僑界久同遵。』可見，『星洲』之名流行，是遵循邱菽園的命名。

五

邱菽園逝世後，其女婿和女兒整理編印《菽園詩集》，分初編、續編和三編，選錄邱菽園自一八九〇年至一九四一年逝世五十多年間所作詩一千零四十五首，於一九四九年底在新加坡刊行。這是最能體現邱菽園詩詞創作成就的一部詩集，後收入臺灣大型叢書《近代中國史料叢刊續編》，於二十世紀七十年代重版，流傳較廣。

邱菽園生前多次自編詩集。一九一〇年春與康有為復交後，即呈所著詩請康氏檢訂，康氏為之作《邱菽園所著詩序》（後載《菽園詩集》卷首），但未言已有詩集編定。後來康有為再作《跋菽園詩後》（載《振南報》一九一四年二月五日之《文苑》），亦未言詩集編定。一九二二年，邱菽園託請康有為代印詩集《嘯虹生詩鈔》時，又向康氏言明『正集未編』（康有為《邱菽園詩集敘》）。直到一九三九年，詩集始編成。邱菽園作《詩集編成自紀》，詩云：『四癸（癸巳、癸卯、癸丑、癸亥）三庚（庚寅、庚戌、庚午）七卷編，五旬歲月聳吟肩（由庚寅十七歲至己卯六十六歲，共歷五十年）。了如春夢無痕過，拚作先生自傳傳。』此次編成的詩集，自選十七歲至六十六歲五十年間所作詩，強調要當作自傳來流傳，應該就是他所稱之『正集』。從自紀詩所言『四癸』『三庚』『七卷』看，自編本與《菽園詩集》之

『初編』《丘菽園居士詩集》，體例、卷次均相同，是《菽園詩集》『初編』的藍本。（參見邱新民：《邱菽園生平》，新加坡勝友書局一九九三年版，第一四七頁）

《菽園詩集》是邱菽園一生詩詞創作的總結。誠如論者所言，這部詩集全面地反映了邱氏詩詞創作的歷程和取得的成就，整部詩集與時代主題緊密相聯，密切反映時代風雲，這在南洋華人詩人中是獨一無二的。然而，不可否認，這部詩集的選編也存在偏頗和缺漏，最主要的是邱氏的三百多首竹枝詞未曾選錄，尤其是其中一百七十多首《抗戰韻言》。祖國全面抗戰爆發後，邱菽園從一九三八年二月二十日起至一九三九年一月八日，在《星洲日報・遊藝場》開設《抗戰韻言》專欄，創作和發表抗戰竹枝詞。他在開篇小序中寫道：『全面抗戰以來，通國振勵，自力更生，在此舉矣。海外逖聽，喜益眉棱；鼓之舞之，寫以竹枝。』數月後又在此專欄編者按中寫道：『余為抗戰韻言，數月於茲，終是文縐縐的，欲以喻俗，普及大眾，終隔一塵。茲就心中所蘊，徑直抒出，不作南朝才語，雖無腔調，居然天籟。得若干首，寫出供覽。』（李慶年編：《南洋竹枝詞彙編》，新加坡古今書畫店二〇一二年初版，第二二三、二二九頁）他的這些抗戰詩，抒寫了中國軍民抗日救亡的壯烈情景，慷慨激昂，從寫作動機到內容都深刻反映了邱氏深沉的愛國思想，是他晚年詩詞創作的壯麗篇章，也是一筆珍貴的抗戰史料。

本書附錄《邱菽園詩選》，共選錄《嘯虹生詩鈔》未收詩約二百四十首，主要選自《菽園詩集》（一九四九年版），包括了邱氏各個時期的重要詩作。其中另有三十多首，分別選自邱氏早期詩集《庚寅偶存》（一八九〇年）和《壬辰冬興》（一八九二年），以及晚年創作的竹枝詞《抗戰韻言》等。附錄詩選，旨在反映邱氏一生詩詞創作的基本面貌和主要成就。

《邱菽園詩選》另附《詩友酬唱録》，選輯與《邱菽園詩選》有直接關聯的詩友酬唱詩八十多首。

邱菽園一生交遊甚廣，與雅士文友的酬贈唱和甚多，僅《嘯虹生詩鈔》和附録《邱菽園詩選》涉及的題贈對象就多達近八十人。而衆多詩友寄贈的酬唱詩也很多，目前尚可收輯的即有數百首。附録中選輯詩友的這些酬唱詩，旨在為加深對菽園詩的理解提供相關資料，但也有存佚意義。如所附近代閩籍名人曾宗彦作於一八九〇年的和邱菽園《懷曾幼滄編修師都中》韻七律二首，録自《五百石洞天揮麈》卷七，作者族孫曾克耑編《鶚里曾氏十一世詩》（一九四四年版）所輯曾宗彦詩集《尊酒草堂詩》（二卷）失收。近代閩臺著名詩人許南英《〈庚寅偶存〉丁酉翻刻題詞》七律二首，録自《菽園著書三種》（香港一八九七年印行）之《庚寅偶存》卷首，作者之子許地山刊印許南英詩集《窺園留草》（一九三三年版）失收。邱菽園衆多詩友數量宏富的酬唱詩，是瞭解邱菽園生平交遊和近代詩壇軼事的第一手資料，彌足珍貴，其中還藴含了不少久已沉沒散佚的詩詞藝術珍品，同樣值得輯存。

洪峻峰

二〇一九年十月於厦門大學

嘯虹生詩鈔

平子題籤

邱菽園詩集叙

生海外蠻荒之地當冠歲綺靡之年遘君國非常之變而能毁家紓難指困贈周瑜者難其人矣假若其人未必能卓犖觀羣書華妙工詞章也吾門人海澄邱煒萲菽園乃兼而有之當庚子之變吾遊星坡主菽園之家唐才常舉義師實賴爲黨人多託命于菽園雖不幸敗而忠義之氣雄傑之姿與張良之破產救秦奚異焉太白曰子房未虎嘯破產不爲家滄海得壯士椎秦博浪沙報韓雖不成天地皆震動潛匿游下邳豈曰非智勇豈非爲菽園寫贈者天下英雄固不以成敗論也菽園冠舉於鄉才名噪一時遭逢不時豪志不展遘國多難那拉在位則受黨人之疑民國大亂遂絶仕進之意養晦肥遯抱膝長吟于是豪情勝概一寄於詩所謂獨寐寤歌永矢不過者非耶菽園既好學能詩雖僻陋在夷而藏書甚富無學不窺口誦掌故古今文詞滔滔若懸河其爲詩滂博天葩雄奇俊邁興會飈發穠郁

芬芳蓋其天才之俊逸與時事之遷移合而成之沈寐叟尚書歎賞之謂可爭長中原北方之學者莫能先也或與黃公度京卿駗靳聯鑣焉然其詩正集尚久鬱而未發于世其與世之一得炫名者蓋亦遠矣吾索其近作菽園謂正集未編手寫此鈔來滬皆游戲之作然多有寄託其奇情壯采濃姿活態勃窣而鬱怒清深而馨㛹自發逋峭於行間讀者可論世而知其人也即論書法亦復遒逸俊妙馳騁于國朝諸名家吾門能詩者甚夥若麥孺博潘若海譚復生唐黻丞林暾谷皆以雄才遠志妙解詩詞中道往矣惟菽園與我獨存而萬里遠隔望海懷思爲序其詩我勞云何壬戌秋康有爲

嘯虹生詩鈔自序

菽園居士既編其豔體諸韻言別署爲嘯虹生詩鈔迺輒引其端曰余之運用此體者有三我思古人會心不遠蘇屬相以閨房喻朋友瑪志尼視故國爲愛妻則無題諸作是而感懷者屬之屈靈均哀高丘之無女莎士比衍神話于長吟則游仙諸作是而詠古者屬之香山居士憶妓多于憶民伊籐博文醉枕無忘醒握則香奩諸作是而冶遊者屬之雖然此亦其大略耳非必如算計之析分地層之剟劃也故自其特異者觀之時復因人因地因時之別遂有言情寫景紀事之殊自其不異者觀之孰與癡語醉語夢語之成都爲綺業香塵文字之障余以性稟狷俠哀樂每不猶人時而乎動則先春占斷達且清游顧渺渺夫余懷惜娟娟于此豸遺茫茫之白日俯仰無端夫固有感極而悲者矣時而乎靜則簾儿蕭疏枕屏宴貼芳霏霏其相襲物靄靄以含淳葩幽幽而媚獨怏然自足曾不知老之將至者矣

動乎靜乎哀樂循環其理之也無緒其索之也無方吾不能以自喻諸吾心又焉能以求喻諸來者用是各卷之中故不强爲區體茲所詮次都無先例有以時代之相襢今雨古月略如編年者焉有以意匠之相生連瑣嬋嫣略如分類者焉有以一事之自爲起訖遙承近接首尾率然略如紀事本末者焉究之皆陳迹焉爾苟以萬古爲一期斯千秋若旦暮而况吾身數十寒暑之末哉吾聞言爲心聲而詩尤言之永者凡情之至間非言之所可傳二說似相背而實相容當其未有文句之先意固激于哀樂而後鳴及其得諸哀樂之外情復不沿文句以俱熄亦曰既竭吾才頃之所得而言者止此讀者諒其志而略其詞焉可已更何容心于體云例云之爲吾因之而重有感矣人之有其童冠壯老亦猶詩之有其進退盛衰耶時一過而不留境須歷而後切隋煬不云乎窮通苦樂更迭爲之亦滋可喜向子平亦云貧富不踰所未知者死何如生耳夫以二子之慧解通玄

向所云富無得而稱煬雖稱詩未宣苦緒語其究竟皆片面觀余茲藐焉乃混然而中處方當韶華意氣排斥萬難處物維輕處已維厚固嘗涉歷夫世之所謂庸福者十年迨夫中道蹉跎百凡捐棄世則忘我我亦忘人尋復有味夫古之所謂閒福者十年徐而返照靈明對境數起用吾自覺與世無終生死之外有死生後今之視猶今視其所以消遣此最近之十年者云慧福乎猶病未能若庸若閒久成故物原詩具在可覆按也嗟夫此雖數卷之詩且爲全集中摘鈔少數之豔辭又爲醉夢時多醒時少之所留貽區區者將無所用之弟念陶君語曰不爲無益之事曷以悅有涯之生因之而自壯曰不有博奕者乎爲之猶賢乎已此則過而存之之意耶吾將見其進也未見其止也

丁巳長至閩邱煒萲菽園甫誌于星洲寓次之天海空明室

嘯虹生詩續鈔自序

昔板橋道人生時自行編定其詩區劃勿收之稿甚嚴重慮後人弗察復從而搜補羼入之致爲身後高名之累遂乃留詛卷端以厲鬼相讎之說預鳴憤慨傳者每嗤其不達余謂彼誠晚年進德之猛回視昔時有作直如隔世故本其良工不欲示人以璞之心始爲是文士自知愛惜羽毛之舉固無怪爾余才弗逮若人遠甚然既有所作則亦有所棄惟既已棄矣今復有所收是當有說以處此蓋文章之事巧妙難窮得失雖在寸心好醜要難自鏡故賈島以推敲之句待商韓公丁儀以並世之人亟謀子建彼豈好爲撝謙哉誠有所自覺無待於迫逼而後然己若不多行布露將向之孤陋自安者又何以就正于大雅乎余前既取歷年所爲佚遊及艷體詩編存若干卷待刊繼而檢點叢殘秖就此類覆觀所棄因事因人中心不無戀戀又非徒詞句之未能割愛而已自維多慾之私實媿板橋之勇因從寬

格略事改修續坿前鈔同時請于南海先生爲我印行就使一無可觀例以敝帚自珍之義既弗辭乎蛇足之徒勞又何疑於棨儒之求益乎聞之傳記雖有絲麻無棄菅蒯雖有姬姜無棄蕉萃詩人之旨抑何厚也况余之齒髮未暮進德需時用俟他年全集之重訂不亦可乎其在今日故寧爲詩人之從厚勿敢慕板橋之用猛知言君子庶幾其諒余也夫菽園居士撰于南洋星洲

嘯虹生詩鈔卷弟目錄

卷一 起庚寅訖己亥十七至廿六歲

卷二 起庚子訖甲辰廿七至卅一歲

卷三 起乙巳訖丁未卅二至卅四歲

卷四 起戊申訖丁巳卅五至四四歲

續鈔

卷一 庚寅至甲辰

卷二 乙巳至丁己

卷三 不分年次

嘯虹生詩兩鈔編成自題簡端

長笑當年宋大夫人言好色過登徒教將愛在終無死未信情癡便受愚璀璨千紅燃淚蠟澄泓一碧映心珠雄風雌蜺憑傳誦舊袖低昂且自娛

卅年綺夢散如雲判付他時拾墜聞勸進羣芳加九錫評量

今月過三分諸辭任譃銀花合戲論從苛白練裙抖擻春痕
供抒寫晴煊物力謝東君

嘯虹生詩鈔卷第一

閩海邱煒萲菽園甫著

庚寅

自將

愛好貪多總損才登高望遠幾徘徊未能免俗酒賢聖難索解人花謝開九日白衣黃菊放兩行紅粉紫雲迴自將作戲逢場意賺得疏狂到處來

無題

儂愁如藕絲郎心亦冰雪藕斷絲又連雪消冰隨裂

桃花夫人廟

楚妃堂上色偏饒肯共文成霸業銷生諡桃花眞豔冶死鄰鸚鵡伴清寥東風人面紅顏老故國君恩綠葉凋樂舞未亡添永恨蘭陵遺事又隋朝

息嬀歸楚以後事迹余据左氏傳觀之哀憐之意多貶責之意少唐人修隋書以蘭陵公主死殉後夫特置一代列女傳之首義可參觀

辛卯

夜讀語內子王女士玫衍爲韻言

疇昔夜何其溫書達晨曙花影一重簾蟾輝自來去山妻有書癖病起神猶錮強斅我咿唔阻之不能住陽言將廢書祈卿得眠寤星河耿不流時復尋故步琅琅出金石不管閨人姤君亦同病憐云吾身未豫如何爲人明爲己反不悟感君意沉着此理從頭數古今不死人名外無非故立事與立功乘時在遭遇當其未遇時挾持必有具賤子媿樗材功名敢馳騖欲然自視中墟拘猶章句生無百年身日懷千載慮夔蚿互相憐卿我各行素

卽事

花尊茗案遺斜暉淸簟疏簾坐翠微風入琴書時習習十三行對十三徽

漫與內子東門女士

業果相纏慧果并入天眷屬現三生新詩內子工酬和舊稿憐兒當課程私祝星辰忘久立願開風氣可無名書堂柳色深深護中有侯封號百城

壬辰

外舅王都尉招余夫婦偕往邑中協鎮衙齋逭暑清談並出古琴爲贈賦謝

丈人師律高山叶樂令玄談甲帳深靜日槐廳三列戟春風奩贈一張琴陪將龍劍鸞釵韻交勉冰清玉潤心（宣和百琴堂有寒玉雪夜冰諸名）甥館自憐賓友共弦詩試和鳳凰吟

題亡婦東門女士殘稿后

靈瑟洞庭杳房中樂自鳴雲羅書密字璧月鑑離情引鳳隨秦女吹笙上玉京遥天無處所落下步虛聲

此是糟糠婦誰能故劍忘與詩琴瑟友藏稿女兒箱荷葉明珠落神皋翠羽長莫傳青鳥使閒坐鬱金堂

癸巳

癸巳七夕作（時在榕垣候試）

天上雙星會人間事尚疑苟能無死別也願學生離秋入愁邊警魂歸旅夢知何當乘牛斗誰與贈支機

臺江別歌者林阿招

別酒帶春斟春芳露滿襟一聲殘水調相送碧雲深臺柳能青眼池蓮共苦心還將南浦月永夜照梅林

自製小龍珠墨置閨中書眎陸孺人（結）

小製龍賓伴繡閒雙銜珠顆意闗闗怪來顛倒磨人墨卿畫蛾眉我寫山

甲午

適意

適意柔鄉復醉鄉偶緣哀樂盪迴腸萬花繞足人思媚三雅論心客欲狂慕道酒徒留宿願洞簫生論遣飛光劇憐未抉浮名

網己墮人前俠少場

乙未

滬游贈謝詞史以宓妃圖並題

皓腕分携憶洛神凌波微步韈生塵千秋一稅芝田駕永屬陳思夢裏人

臨出都作

玉笛雕鞍氣似雲豪名入洛媿知聞襄陽心事何人會解唱迷花不事君

滬濱小住花酒招邀頗繁酧應琴歌聲裏用示同輩

聽歌未信和歌難暫遣閒愁付海寬惟有稱詩容或濫從無對酒不成歡人材輩出丁時局花鼓相催午夜闌宋玉微辭君莫笑年來歌哭總無端

丙申

三月三日游舫載妓曉泛鷺門江光絕勝

銀漢微茫漾碧流海仙縹緲共飛樓何須簫鼓諠多麗自采蘋花贈莫愁殘月曉風楊柳岸裝波春水木蘭舟吾生雅具滄江興肯負韶光到白頭

重遊星洲有所懷人愛而不見感成此闋

調倚卜算子

曾是小紅樓吹出簫聲迴偷繫斑騅傍綠楊歷亂鞦韆影　猶是小紅樓一桁簾衣冷誤盡春深燕子飛開落風前杏

丁酉

題潘蘭史悼亡詩卷

痛極應成悔當年得婦佳有才空合集無命不同埋天或多情妬緣寧宿世乖如何傭廡下猶見老荆釵（君婦工詩著有飛素閣遺草）髣髴魂來矣姍姍是也非千秋終訣別萬里轉相依敢把頭皮送遙憐心事違知君當永夕殘淚滿征衣（君在德國柏林有夢故婦梁佩瓊詩）我亦曾經此（先室王孺人成婚後未逾期年即病歿）君悲我漫箴黃門能好色紅袖況

知音月向當頭墜人懷擁鼻吟桃花仙館在遺恨又秋礁

僑人重娶率稱平妻俗尙相沿習非成是有欲爲余蹇修（原稿四首潘君得之久付流布今余自改存三首以入此鈔）者冒引此說以進而勿知其亡于禮也既力拒之并曉以詩

蕭然隱几觸風懷哑笑卿言亦復佳爭遣星光明替月無繇鈿合擘分釵樓臺商隱東西畔翟茀公閭左右偕高並兩峯寒不免金錢漫卜事能諧

僑友每向吾前力繩島族舞女之殊態因招之來使奏技于廣庭覽觀既畢感而賦此

銅鼓聲撞手鼓密蘆笙竹枝競蠻律雜和新聲絳樹雙催出當筵飛燕一蹁躚體態似欺風轉側迴身歛避工顧影林塘疑舞鶴遺音雲月度驚鴻驚鴻忽奏傷離曲引得諸郎吹管逐相期聯臂踏歌來狐意綏綏雌粥粥舞亂繁星夜未央不辭結束再

登場十二華鬘窺正側一雙條脫轉熒煌反腰貼地諸翻手齲齒啼妝巧搔首若從鎖骨証前身定是灘頭馬郎婦我聞西方多美人叉聞蓬島居太眞一曲霓裳羽衣序高堂廣殿能娛賓吾華大雅惜淪降院本流傳輸里巷卿材不見舊和戎女樂何繇今賜絳獨有苗人跳月歌馬留遺俗聲相和南國土風求適野春光島上得來多

或勸取島產人女爲副室者一笑謝之

齊秦贅婿客爲家金齒蠻風更海涯宛若儘迎方朔妾懊儂莫采日南花隨陽信斷偏迴雁適野謠與陋寄猳長笑蘇卿對胡婦可能弗憶舊春華

邱里蚩氓貪行估之樂久客而忘其家爲狀怨女之詞重疊以申諷焉

調倚長相思

日懷歸不懷歸潮水無言早晚歸輕帆行未歸　憶分飛惜分

飛檣燕呢喃作對飛孤鴻何處飛

望遠曲

芳草長新愁王孫正遠遊空傳潮汐至不見海西流

月下作

乍如破鏡望刀環暗裏飛霜轉玉顏對此何人不愁絕他鄉有月照家山

戊戌

正月十六夜新嘉坡即事詩 並序

本島風俗華僑內眷是夕靚妝結伴往廟燒香迴車繞道納涼玩月輒循海濱一帶不禁途人瞻矚雖遜蘭橈祓禊之韻亦無涉溱贈芍之蕩時或女伴相邀至斯停逗歘步綠莎徙倚碧樹眼媚明星露瀼玉臂互炫釵鈿意主姱賽島婦見識宜其然己頻年南國春來之紅豆爭妍十里東風客中之竹枝齊唱

燈花猶殢上元天星島風光倍可憐競掠晚妝明月去當頭二八正疑年

迤邐星橋鐵鎖開相逢盡是討春回齊歌璧月宵宵滿商女殷勤禮善財

良宵重惜一分春月姊多情潤臉新同愛韶華縱微步碧天無際碾冰輪

笑和諧謔透香風暗門釵環露指葱絕島嬉春展元夕萬花開向月明中

小蠻妝束縠中單兩足如霜浥露寒蹋徧長堤金齒屐明河斜轉曉星殘

南湖一曲快春游油壁迎來號莫愁應識花開歸緩緩更無柳色悔封侯

哭次女殤 女名偶稼

調倚意難忘

苦恨皇媧便摶將塊土也吝儂家三齡纔借閏兩髻未成丫啼索孏笑呼耶正學語牙牙不分伊懷中乍現又是曇華　春前有恨重嗟儘桃開度度落遍天涯游魂應認姊弱魄共憐娃陰月小鬼風斜願此去無遮倘九原依時好著莫再來差

九月十三日王孺人忌辰

袿裳設處當眉圖瓜果通誠得降無玉壘新巢營紫燕銀河靈匹怨黃姑空聞秦女隨鸞去長憶金釵助酒沽特遣樵青供苦茗儿旁淚濕鏡臺奴

星洲島上觀林天妃廟迎神

綵仗諠諠閙竹枝送迎合唱水仙辭三山海鳥扶鸞馭一夕神燈降鳳墀坎鼓依稀桑梓社霓旌縹緲女郎祠水天閒賽估人樂猶得鄉儺見舊儀

本坡閩僑每沿故鄉習俗三年一次向天后宮迎神遶巡街道踵事增華繁鬧倍于內地數十年來乘款己甚余詩故以依稀縹緲諸字面聊著微辭世變日新衆因自覺此舉之無謂乃自光緒丁未年爲始停止學費並提每年廟產餘利建設道南高小學交不作無益以

害有益此誠僑衆進步之可紀者

星洲紀遇

畫屏開處競招邀弟一名花恰稱嬌欲待目成前復却記相逢是可憐宵

覆額新妝掠未成疑年三五正敎盈當筵杜牧狂言慣博得微嗔已解情

汝乘油壁我靑驄不信勞西燕自東看遍紅橋花十里怱怱陌上又相逢

一飲從教倒百醽微醺勞汝太惺惺擎甌吹出如蘭氣脂潤茶香與解酲

脉脉情懷各種愁酒邊琴罷幾勾留天街苦記涼秋夕同倚危闌看斗牛

名園載酒記相過聽雨連宵軟語多昵我十香詞和就悄無人處教兒歌

且向裙邊放彩毫洛神祠賦豔江皋爲憐雙贈明珠後從此情根縛得牢

宵深我未釋丹鉛汝獨依依筆架邊閒綰青絲拖肘後却疑小史正青年

齊紈皎潔仿班姬製就團圝復買絲繡得狂郎眞面目要郎補上自家詩

南徼秋深不覺秋晚來望月共西樓輕盈小扇分携去我愛團圝爾聚頭

羞隨姹女數錢去不逐丁娘十索來惟有詩魔纏不了日磨新墨教郎裁

窄袖蠻姬列坐稠雙清女侍聽傳籌分明自領群芳甲又向當筵薦牓頭（友人嘗召集僑生之馬來妝式少婦凡三十六人到華商閣俱樂部開評艷會推余主政渠儂因襄助甲乙之）

客中佳節倍無聊解事勞伊置酒邀誰信團圓好明月照人不寐更通宵

落拓狂名己十年久傷哀樂擱吟箋竟從香國償詩債娘子能軍自可憐

絲竹分携日看山同車競妬渥丹顏自將眉嫵偷新樣豔說園名亦翠環（環翠園名爲郊外一俱樂部）

有時坐月愛宵涼伴我遲留卸晚妝玉臂却緣秋露冷添衣親啓女兒箱

宴罷歸來月色新初三下九小逡巡重煩鸚鵡中庭喚替瀹山蘿一綫春

流蘇斗帳隔層雲遮莫歸遲醉眼醺知我欲眠爲我起枕衾重與把香薰

袓衣百結貼溫柔薄煖輕寒耐早秋胸際劇憐當菽發微聞香澤到雞頭

休文善病瘦腰生半爲愁多半爲情愛汝消摩能却疾竭來亭館伴秋清

眞眞多謝美人貽點景偏勞侑畫師橅似唐寅紅袖本任吹多少玉環肌

窻前賦語對文奩撩得飛紅淺暈添絕愛當年張一妹獨憐海外失虬髯

迴廊響屧愛圓膚稱體衣裳試絳襦豔豔蘭湯新出浴驚鴻照影寫眞圖

芳心自警卿應妬艷福難勝我尙疑捧硯添香渾箇事些些情性最憐伊

右詩非一時所成而均紀余對于那人丁戊兩年中之踪跡原句屢有增刪今當以此爲定稿

調洗姬

金罏寶鼎小排當雅稱幽閨學道裝案上古歡添墨潤窻前賦語對奩光銀鈎自仿靈飛卷玉臼同研服散方最是蹁躚憐踐麝留裾人妬太輕揚

生朝偶成

南島煙深燄玉梅，畫屏特向壽筵開。婆羅門樂回回曲，競送春聲笛裡來。

餘香翠被暝初冬，侍女關心報曉鐘。卯飲笑迴南斗望，洞門深啓燭如龍。

躋堂共耀玉釵明，見慣春風恰有情。百美一時齊下拜，親扶妙比掌中擎。

遙飛一琖預支春，宣索平原展十旬。飲壽要須論古意，芳時易遣快逢辰。各友依次還席，排日爲歡，期訖今月。余因言詩騷無慶生日之成例，古賢隨時均可飲壽，請舉此旬，爰留有餘不盡之思，展向朋春補宴，衆咸悅諾。

己亥

遊園曲

酣晨果下膩輕蹄，櫻桃爛滴滿花蹊。風光冉掩柳園低，三十六春報班齊。紅圈綠暈窣璇題，如流嬌韻亂鸎嘛。遲遲錦幃翠裀迷，舉頭見日例迴西。

爲姬人羅小鴻題其西裝肖像

佛頂珠光璨法華自盤雲髻髩堆鴉前身龍女香山伴隨現西天寶相花

懷俠客

妻來紅拂友虬髯豔福豪情恐未兼我自把杯懷俠客詩中舉例有陶潛

嘯虹生詩鈔卷第二

閩海邱煒萲菽園甫著

庚子

吉隆坡旅夜書感

簾鈎半捲月明斜露柳鶯啼子夜鴉種得名花三百盆花開時節正離家

吉隆道中寄羅姬星洲

驚聞四海無家日我獨何心賦式微春水方生桃葉渡伯勞燕子自分飛

路入南天南又南蠻雲低逐浪花酣春溫箐密蘆笙雜避地何緣築佛龕

田橫孤島接天涯覇氣人存百載思（丹葉來者爲是地昔年僑民魁率嘗力戰土酋克之）東望渤泥閭里俠証盟猶共比丘尼（前明林道乾領衆出海後實贅勃泥土酋家終王其國隨來女眷有出家焚修者今尚留古菴舊址）

周官鑛氏久榛蕪箄路黃人効載驅八駿夙傳三萬里西池益

地此新圖（英女君維多利亞之世其政府數收屬地吉隆亦在近年始隸英轄）

龐公妻子堪偕隱絡秀聰明汝最嬌軟語如聞雄略激驛亭鐘
動坐中宵

八部天龍赴道場打包行脚似僧郎（僑商每邀余演說）義熙甲子編遊卷
到處桃源到處鄉（旬日前爲己亥臘尾北京宮庭因戊戌變政之遷怒將行廢立以示威電耗傳來聞于新年決定改元曰某某中外憤慨僑商相約削其年號不書）

二月十六日星洲夜宴示同席諸君

星洲名士多于鯽此是新亭善哭歌風雨一春花事爛十千沽
酒奈愁何

明燈錦幄按紅牙纓絡垂垂寶相花島上風雲樓上月三生緣
法會龍華

買天不曉輕黃金對酒當歌賦子衿我有龍泉思解贈每爲君
故獨沈吟

筵歌如沸酒如泉樂引千盃共謫仙宮女開元猶在否重談天

寶亂離年

英雄老去未能閒鐵笛春風度玉關殘月酒醒何處是一聲聲破念家山（家仙根進士自乙未臺灣義軍失敗後避地居粵至今年始來遊南洋）

後夜宴即席作

樓臺天半起笙歌島上風雲感慨多倘遇德星書太史廣寒宮闕託微波

海外眞看更九州依人王粲復登樓可憐一片南溟月雙照盧家有莫愁

銀屏記曲渺愁余酒令驚看軍令如快意有人殷祝福教鋤非種任朱盧

羣花次第拂春風十萬金鈴代化工我愛信陵魏公子從來兒女出英雄

有贈

一碧門前柳劉郎認種桃幕紗鶯坐穩樓閣月臨高金勒黃驄

馬檀心紫鳳槽閒評兒女氣銷得少年豪
小証三生影香臺對髩鴉福原兼慧果才合懺風華庋曲黃金
縷藏春碧玉家夜闌閒擁背細數月痕斜
寶靨開鸞鏡華妝試蝶衣窺窻玉女少出浴太眞肥庭檻霞初
旭芙蓉露未晞捲簾梳洗罷時爲拂瑤徽
抵得餐眠損非時伴黛螺明璫人絕代羅韈影凌波宛宛丁香
結綿綿子夜歌小茶知汝似詩筆共勻蛾
元遺山自注己詩嘗引唐人呼少女爲茶而不言所以余按近人俞樾撰曲園筆記謂茶字卽宅家子之聲轉俞氏精于字書之學其言當可信

六月二十八夜島上茂林園伎筵感賦

蔡經夜宴侍方平狡獪麻姑易目成話到桑田三變海金仙鉛
淚共縱橫北京宮庭自五月起縱拳亂招外釁孤注之禍己成
爾時大衆給孤園八部天龍繞世尊纓絡垂垂花雨散阿難微
笑佛無言
錦幄明燈斝幾巡娉婷雙倚掌中身不分紅拂同紅綫要識奇

人斬佞臣侍余二姬聞誦詩孫亦動武容

野老麻鞵阻拜趨年時天上寂笙竽應憐孤島同看月南內何人喚念奴

七月下浣島中得電報具知聯軍陷京兩宮西巡近狀

孤注官家竟渡河誰揮返日魯陽戈鞶褸起舞徒神嫗斑竹淒徨剩女娥陰晝長星侵玉座秋風喬木紀金陀有情到處堪沾臆山鳥猶歌帝奈何

秦中行在宮詞

霜顏阿母降金方起舞簾前有漢皇更喜宮中逢壽月重翻秦歷賀初陽秦以十月爲歲首西太后誕日在十月初十聞欲仍京例舉行賀典

雲物淒清動玉墀復絢翠被拂鞭絲來朝走馬思姜女腸斷西臺對鳳岐光緒帝忽忽出京時宮人皆弗獲隨從所愛珍妃且因而投井以死

寄李伯元徵士寶嘉上海寓次

地居溟渤易腥豪三管衡量孰任操快剪吳淞半江水滌除脂

夜放花毫

對酒有懷陳宜侃徵士總儀

我狂便欲狂上天星洲酒價日萬錢甘醴之味本如水思我故人陳無已相去日遠秋草稀零落黃花空白衣即今慷慨邯鄲市更有何人和變徵

英吉利女君維多利亞輓詞

犯月金星掩夕曛覇雌陳寶迹空聞昆侖桃樹虛青鳳西土神謠哭白雲益地早張阿母節斷龍終見女媧墳朝來河上蛟龍會虺虺雷聲泣雨紛

即席示客

寒雲孤月正當天六曲屏張坐綺筵古佛化身來百億羣龍作騎遍三千江關詞賦蘭成感島國扶餘李靖緣銷得煩憂惟酒盞不妨主醉客陶然

辛丑

北游客歸爲說外國聯軍統帥瓦德西入據儀鑾殿遺火致災始末

高秋仙掌鬱蒼茫，袍袴何人掃御牀。零落觚稜金爵影，縱橫胡地白羊王。老臣䏰脈誰長樂，故事簾衣此未央。竟有內廷成茂草，徒聞博士唾披香。銅駝臥棘銅環冷，玉虎牽絲玉樹涼。殿上早棲烏頷白，宮中莫唱竹枝黃。東華曉霧迷鴛瓦，西極繁霜拂雉牆。最是驪山烽火痛，又看楚炬爇咸陽。

按自西太后辛丑回宮後，特就此故址再構一房，改題曰佛照樓，費帑貲百五餘萬元始成，爲宴會外國公使夫人之所。此是後事，詩中故弗及之。

女伶游美玉置酒旗亭邀余盡觴即席題贈

旗亭韻事落人間，卿汝能歌萬仞山。解道斷腸何處是，黃河如帶九迴環。

題贈黃郎

郎名阿湘，隸粵劇普長春部，有俏麗之品目。

蛺蝶雌雄莫認眞，櫻桃妬煞女兒身。檀槽一曲登場立，粉黛三

千顧影頻頻復鄂君移翠被得留荀令伴芳裀長春仙苑多瓊樹此是天南第一春

徵歌我久負閒情隔歲風懷一夕生俏影試呼香扇墜新詞別擬麗人行仙雲子晉來緱嶺朝雨何戡唱渭城便是莫愁君不見迷離烏兎未分明

萬羽叢中一鶴翔天風吹下舊霓裳舞衣乍解調蠻語素面初呈洗豔妝璧月當頭懸寶鑑瓊枝寫影襲沈香蓮花消受薰風慣池上于今有六郎

今人均知莫愁爲古美婦之名然袁枚隨園隨筆雜引漢代故書知古男子亦有名是者

壬寅

年來京洛故人頗有見招者既謝却之漫成此詩

一掬啼煙淚愁多不當春雙棲盧少婦獨立李佳人古鏡天中月飛花世外津莫言銀漢隔有女正窺臣

北渚芙蓉色南湖風日濱時傳靑鳥信猶動紫騘塵暮雨瀟瀟

一

曲逓峯淺淺顰多情共明月碧落許通津誰築芝田館玄芝賦感甄星辰看昨夜雲雨本明神絕代青溪小傷心越女貧梢頭折楊柳楊柳苦禁春

次廖鳳舒參贊席上韻酬贈

搔首風前意自遲春燈讀曲酒盈卮過江士易新亭涕夢雨人勞本事詩黨籍銷磨年漸老行蹤飄泊數偏奇側聞滄海橫流甚服輒難安况厦支

廖爲粵之惠州人通中英文其遊歷星洲即席奉菽園詩云良宵風月見邱遲擊節高歌共玉卮别有牢騷非使酒縱無哀樂也工詩宋聲未破言猶在秦刼能消禍己奇我亦蚩蚩黃帝裔郎當舞袖弱難支原注菽公兩年前曾著刊一長文于上海蘇報曰讀黃帝本紀發揮保種主義

冶春詞 爲梁詞史詠也

春光熏暖繡芙蓉蘭麝香恬度晚鐘一寸游絲憐合繭十年瘦骨夢飛龍風前讀曲湘靈瑟窻下啼煙玉峰女絕代明瑺欲相寄試燈時節憶雲濃

簾幙垂垂小雨絲碧桃花下冶春時子京半臂勞添綫之渙雙

髮合賦詩陪坐青衫人小謫親裁紅豆歲相思丹珠髻影香臺畔細數沈虬漏轉遲

自倚鴛鴦奏水仙戲招胡蝶話紅禪銀屏偷解丁冬珮玉軸分題甲乙篇荷葉露珠擎宛轉柳條晴絮綰纏綿蓉塘即是青谿路車走雷聲薄晚天

鴛鴦曲 爲梁詞史祝也

朝從鴛鴦塘暮從鴛鴦隩水從鴛鴦明路從鴛鴦熟朝來鴛鴦飛鴛鴦自相逐暮來鴛鴦棲鴛鴦不獨宿鴛鴦盛文羽鴛鴦有奇服鴛鴦愛並頭鴛鴦同比目霞爲鴛鴦裳花爲鴛鴦屋月爲鴛鴦妝風爲鴛鴦沐萍爲鴛鴦開蓮爲鴛鴦覆瀾爲鴛鴦迴波爲鴛鴦蹴藻爲鴛鴦裀菰爲鴛鴦菽荇爲鴛鴦縈芙爲鴛鴦馥寫入鴛鴦絃繡作鴛鴦軸鴛鴦意喈喈鴛鴦情毣毣見鴛鴦成行都鴛鴦廿六鴛鴦今在梁鴛鴦宜遐福

以領巾贈梁詞史承許服之攝影遺余嘉其慧心詩以張

之
領巾巧織網千絲承汗迎風護玉肌妝點梁清入明月待留西子共鴟夷

次韻戲答時余譚次偶及返國之意故末首及之

滿天花雨聞香氣盪漾情絲貼繡痕我媿樊川稱覺夢眼波能伺算酧恩
春人楊柳黛痕輕薄福翻妨豔福傾閒倚香臺磨耳鬢難持淨戒爲釵聲
擁髻惺忪月影圓箜篌解唱想夫憐祗愁朱字歸舟識凄絕榮陽舊墜鞭

題姬人梁小芙畫像

省識春人面春風入畫圖相思南國樹顧影玉么奴樂府歌中婦青谿愛小姑最憐纖纖短未許妬蘼蕪

梁姬新遷院落見中庭素心蘭初花並蒂請賦

珠簾雙捲玉爲扉蘭艸當軒媚夕暉輕折未容桃李笑幽探邢許蝶蜂圍從移空谷知香色莫向同心間瘦肥絕愛風前初燕影湘波晴雪正交飛

鸚鵡

鸚鵡南中產窗前玉掛枝驚寒禁月露能語愛嬌癡馴狎開籠慣相憐拊背遲故山應有夢文采豈無知心巧羞長舌聲柔妬畫眉拋殘紅豆子恨入綠幺兒春老風前翩秋涼浴後肌說迴天后聽經共太眞持晼晼頻呼茗喃喃解誦詩聰明休自誤香稻足天涯

星洲行樂辭 一名風月吟

迎涼信有晚來冰月閣風窻最上層天遣良宵能不負萬花叢裡萬枝燈

樓臺天半倚危欄譜得新詞號廣寒蕩入江風迷下界將身比月萬人看

不奈風何與月何花叢取次未蹉跎風前絲竹花前月徵遍雲仙一一歌

羯鼓臨風次弟催花痕隨月上瑤臺頻煩玉手親擎到勸盡羣芳合釀醅

題箋答友

中聖年時愛酒清翩翩濁世負虛名勞君詩句殷勤問可許糟丘共此生

女報題辭

天孫織錦號雲章手抉銀河浴日光化作蠻牋千萬幅青鸞報信爲誰忙

擲米成珠狡獪才阿姑年少不須猜等閒說與人前聽曾見桑田變海來

生息熱帶諸古族其婚儀有可異者偶就所見紀以韻言

棕櫚樹下瘴雲迴篝火神壇奏忽雷帕首蠻姬跳月至雕題烏

鬼禮星來新嘗椰汁逾羊酪細嚼檳榔拌蛤灰夾道牛車纓絡縵蹋歌聲裡野花開

癸卯

讀後漢書和熹鄧后傳感而書此

鄧后久專制盈廷多不諒慷慨起杜根批鱗得无妄撲殺雖示威土囊倖無恙難掩外家親私憂懷過量越驕縱無言少主知怏怏當日曹大家宮中賢傳相何亦習奄然未聞章疏抗豈其未可言故言有弗尙載誦蔚宗書深明當時狀持權非幸已焦心寧辭謗首減大官錢諸停將作匠貴弟聽乞身譬家歸逐放夷考其生年我更爲惆悵爾乃當茂齡皇風思遠暢稱制云終身四旬實天喪律以恆人情宜乎無與讓嗟嗟今古間臨朝復相望齒非和熹少位竟飛龍亢殉權逾四紀徒貪天下養况世異漢朝僨臺勞外償奔走赴道塗傾宮亡寶藏搜括又取盈甘砒同卤嘭且莫哀生人難爲先業創且莫弔窮黎難爲嗣子壯

感憤託諸辭後來后居上

借鑑古事對勘今情所指何人熟于近世史者自知之

病中自遣

西風消瘦劇黃花不爲蒼生不爲家諱說色荒推病酒聊參禪悅愛煎茶尚能百輩容卿等便到千春亦鉢華煙氣怕濃情怕淡月中靈藥笑癡蟆

病起偶成

風流小讁散花天細細清宵抵醉眠幾日姬人調服散一秋禪榻伴茶烟翻勞篆祝花同命暫遣琴停月待圓彭祖容成從領取未應功罪委嬋娟

酬陳香雪太史海彬兼眎林公孫惠亭炳章

故國年來風雨深江潭逐客狎微吟劇憐美女傷謠諑瘦盡腰肢力不任

甲辰

自適

世上誰爲知己容得我狂眞知一任紛紛欲殺風流賀監吾師死後紛綸憑弔生前渴欲無生大呼古來作者一杯一淚縱橫弟一史才司馬春秋竊比邱明解事終推游俠當前酒熟刀鳴千古美人何許便須識趣風華吾愛東坡有婦丰神亦足名家一代嚴灘氣節漢廷妙用無窮當時天子之貴惜不令見乃公此中尙容百輩餘技足了十人從知卿用卿法不妨吾愛吾眞

嘯虹生詩鈔卷第三

閩海邱煒萲菽園甫著

乙巳

紀夢

分明夢裡見輕軀，遲步姗姗認有無。一顧傾城眞再得，九疑行雨合先軀。
塋簇詩句裙留字，水月禪觀坐結趺。等是高唐神女賦，紅牆不隔舊蘅蕪。
純想能飛妙合離，如雲濃態與心期。休嗟魂境猶添縛，始信靈蹤不自持。
空際有香參定後，月明無影悵醒時。未妨撩觸青娥妬，皓腕神光賦洛姬。

歌筵餞別

華燈綺閣惜春妍，玉笛聲中敞別筵。客醉傾觴呼舉舉，我狂拓戟舞僊僊。
鏡容滿月團圞坐，鬢影香雲繾綣憐。一夜飛花吹到曉，柳枝搖絮送行船。

星洲謠 調倚望江南

星洲好，玉笛聽淸吹飛動水風雲月露狎遊鯨鱷蜃蛟螭終愛老龍癡

星洲好蠻語答娵隅如此江山誰主客偶然遊戲視枌榆未許憶蓴鱸

星洲好夜夜月當頭倒喝冰輪成閏夕願傾海水注更籌新曲奏無愁

星洲好大道絕塵驅持踵翠盤留趙姊駐輪芳陌媚羅敷是我夜游圖

星洲好列隊按笙簧風引神山童女舶春移南國粵姝鄉妬煞竹枝娘

星洲好未信土風微偶厭名香焚皁角閒憑魔女舞紅衣樂府叶妃豨

星洲好明月照流霞萬斛酒船千丈錦十重霧閣四圍花扶醉穩迴車

星洲好花葉競娥媌烘被餘馨堆茉莉溜釵新澤濯香茆沈夢煗鶯巢

星洲好長晝估清秋買夏園開多近水照春屏曲隱迷樓隨處任勾留

星洲好濁酒且中賢身後是非誰管得眼前卿輩足流連廣趣可無絃

紀遇雜事詩

買笑歌場復賣痴人間憂樂至今疑瀟瀟涼雨燈窗夜自寫星洲紀遇詩

大道垂楊盡狹邪芙蓉塘路走輕車仙龕海外多淸課一醉無名特借花

眉様新翻玉雪膚文鴛隊隊見靈雛編排月令司花女試把芳

名次弟呼

墨池雪嶺久紛紛任倒天吳刺繡紋花月留痕傳稗史戲翻花榜弟劉蕡謂碧娘

黃河遠上選歌新安得雙清掌錦巾我倚隱囊卿繡褥半床胡蝶一般身

自譜南音教柳枝風花儻蕩解人頤欲求畫苑傳神手替寫雙鬟對聽詩

手招明月到花南圓悟紅禪慧業參一笑如如今出定與君同坐普陀龕

苦記遲留到夜闌佳人翠袖覺衣單詬他忍凍翻憐我肉作屛風與障寒

玉樓金谷怨珠沈化蝶韓憑跡可尋博得傾城連理意戲言一死見卿心

銅龍夜永漏聲微月影如鈎貼繡帷高處不勝寒露重獨憐人

瘦桂花肥

綠蔭簾櫳雨乍晴匡床八尺覺涼生銀蟾影沒迴宵夢花底間關聽曉鶯

扶醉歸來夜未央醉鄉尋夢到柔鄉詎他侵曉親厨下素手調將窅窕湯

偷揩香汗停金扇小試蘭湯換絳襦貽我白羅巾四摺綺懷稠疊當雲鋪

帽簷吾自把花簪舉似衣香愧習深釆采繁英盈一匊親拈含笑結郎襟

閒談侈述美人恩雲錦裁縫各指痕獨有添紋繡珠履登臺先揖女平原采蘋順卿各爲余手製䙝衣小䙝復加繡雙履以進

兄妹相呼笑拍肩虬髯紅拂托新緣側聞肖像勞私護莫怪徐妃禮蜀仙歌者數輩爭向余索得肖象一分歸懸己室

江上樊姬別幾春桂旗簫鼓已成塵錦屏渡後藍橋在喜見雲

英小妹身

東山女妓本蒼生體貼偏深少者情枕我懷中眠我膝檀郎當母試嬌聲

小樓鶯燕自成家居士維摩丈室花一醉滄江忘歲月憐卿猶共滯天涯

老我名心尚未灰旁人虛贊盡雲臺一言忠告輸紅粉才子居官便不才

青娥十隊競相招午夜餘音度碧霄有約重來樓上月樽前摟伴賭笙簫

相思無賴爲情濃長損餐眠意未慵坐到明月風定後雄心忽激五更鐘

丙午

答鍾丈西蕓來詩 有序

余好酒好色間雜屠沽飲博有信陵之病西蕓丈南游

至坡聞而貽詩規余尊生甚感其意次韻和之並以自解

帝網光中一粒塵刹那何異八千春着衣花雨親天女變相泥犂近罪人福慧多生慚願業慈悲本體劇酸辛當歌對酒無窮淚敢惜勞勞未了身

玉嬌錄事重來星坡遺余摺扇賦酬

摺疊新歌扇飄搖舊折枝聚頭憐有意便面恰題詩銀燭流螢小金泥簇蝶痴鈎連同鎖骨彎曲肖顰眉度度春風拂纖纖子月吹凨曾懷袖共珍重美人貽

市樓戲題

鎮日狂歌上市樓眼看世事等浮漚願爲賣藥韓康隱翻喜無人識馬周

主文譎諫是東方沽直年年玩聖狂自笑昨逢王母侍偷桃便欲索眞賍

浮海頻年載酒行江湖魏闕鎖忘情久虛桂殿探花信枉被嫦娥喚小名

戲作紀事 有敘

女校書福友之姨母戲與福友賭賽以取得蕺園新近畫像爲博進侵晨福友便至余別墅曰天一閣者直向壁上取攜館人尼之具以情告遂聽其行及余聞知復爲軒渠不已戲紀以詩

曾聞鬥草博贏輸逸事唐宮入畫圖此更白詩知老嫗可隨陸像徧三吳𢹂花供養身眞假艷體撏撦事有無不信青蓮窮相在被人𢹂作謝公鬚

無題

南國東家子長眉未許人還珠雙淚眼不字十年身自愛嬰兒母休知宋玉鄰無緣謠衆女臣里苦窺臣

明妃曲 並序

昔漢公主嫁烏孫有琵琶出塞故事晉石崇詩并以明妃當之殆想當然語非别有據也自後沿訛寖成典實余意明妃豪情絶色屈于畫工迨後奉令妻胡便即越席請行其邁往不屑之情足令天下後世傷心人爲之同聲一哭又何必步東家後塵藉彼斷絲枯木乃始鳴其孤憤乎是作順宣此旨頗與歷來傳説殊科然亦正唯可爲知者道難與俗人言矣

曲逆出奇閼氏喜平城天子投袂起呼韓願婿閼氏愁漢家宫女掩袖羞翩然殿上請行者容貌不須畫工寫佳俠含光迴絶羣遂令天下識昭君天山遠鬥蛾眉翠雁塞横銷楚岫雲當年公主和蕃日手抱琵琶漢宫出後來更有蔡文姬一十八拍聲聲悲漢女善歌蕃酋笑曲中盡含哀怨調解事生憎石季倫明妃何必把顰效我想其時陰山黑天作穹廬歌勑勒雪邊靑草明妾心耳聽胡笳轉摧抑士才不遇若爲通女貌不遇若爲容

低頭去國仰頭望名在千秋身在戎人生不幸作女子所得主者祗如此內家風味脫宮衣千里明駝柳雪飛鸞文大脚雙珠鞡雉尾峨冠五彩翬縱然國色描難出羞照黃河面目非吁嗟乎驪戎女晉開霸圖時移勢易齊女吳強夷強夏須臾故紛紛首向和親務彼猶人爲非己爲何如自請有明妃明妃自請空復爾羞煞漢廷衆男子一笑春風度玉關身後褒彈渾不似

醉時書

買醉曾揮十萬金迷花豈是最初心癡情惟有龍天諒不向紅妝乞賞音

尋花如錦擁樓臺我向花光多處來拚酒何妨千日醉只談驩樂不談哀

貂裘換酒醉陶陶起舞筵前儘放豪堂上吳姬皆挾瑟阿儂避席獨橫刀

當頭明月幾華清客裡關山玉笛橫我是當年桓子野聞歌先

作奈何聲

張靈游戲隨行乞賸馥偏沾手裡杯翻被人呼李公子不衫不履裼裘來

肯同子貢詠抽觴未許劉伶葬道旁息壤難期天莫問花魂爲我筮巫陽

夏日炎蒸偶携蟬兒蘭兒月兒諸雛鬟納涼至雙林寺外荷塘采蓮徒跣共涉伊其相謔因復成詠

妙莊王女是文殊葉葉花花近佛圖半畝方塘雲蘸水三生圓相月連珠冰絲雪藕清涼域鎖骨華鬘變現軀觸我童心開出定白蓮座下禮雙趺

小屐 有序

南洋少婦習于島風每喜跣而御屐青樓中人尤以此爲時趨余愧負漢成之癡兼有夫差之癖樂聞屧韻亦足銷魂嘗詎董順娘相從蠟屐游衍坡陀渠儂慧黠出

語撩人謂能卽事成詩相悅以解更不吝手繡珠履以報余笑而可之石闌斜點便作左劵之責償雪爪留痕兼存山中之公案

小屐黃金齒輕拖白玉膚不煩添錦屧好共覆羅襦香氣長舒藕柔脂細點酥腴風酣韻屧幽草嫩承趺李白臨流想楊妃出浴圖可隨羅韈步絕勝錦韝呼米蕺踪先後凌波跡有無漢成持素足飛燕擢輕軀爭笑吳王癖翻憐葛屨輪纖纖勞女手雙履報明珠

戲爲回文體贈蓮娘鳳娘兩詞史

凍月交枝柳寒塘醮粉蓮洞桃留跡偶丹雪駐顏偎鳳彩翾先後鸞文逐倒顛夢涼侵佩鈿蘭蒂並娟娟

右詩試將各句上下移易之可得平仄均五言律多首亦一消遣法云

花間偶拈示諸所歡舊人

五十三參過去來一參一捨妙蓮臺桃花作飯何交涉恰正南

游比善財

檳島遊次重別柳枝口號

短短春光楚楚腰些些情緒念奴嬌十年再見垂垂柳重與瀟瀟送晝橈

述阿美詞史檳厲近況柬羅君乃馨穗垣

昔日章臺柳青青尚向人自憐眉黛巧猶縮別離新怨笛廻三疊飛花負一春天邊明月在不照舊時顰

由檳島回復星厲檢篋中故衣見所歡者送別淚痕愴然賦詩

前時涕淚滿君衣衣上湘痕暮雨飛今日秋江雙燕剪涎涎公子不同歸涎字叶平

經行星郊偶過叢冢酹酒馨娘墳土

西陵松栢弔斜曛子夜清歌不可聞白墮春醪羈客淚紅心豔草美人墳棠梨開落空殘粉蛺蝶翻飛幻壞裙腸斷青驄歸陌

路山前盻絕舊行雲

自懺

儘云慧業一重因慧業雙修未了身花慧自深花業重衣香吾是過來人

酒邊歲月去駸駸夢裡樊川悵綠陰今日鬈絲成後覺當年薄倖豈初心

記從行酒蔡經家狡獪仙娥指爪誇多謝麻姑搔癢處儂如怕癢紫薇花

經過婬舍似禪僧戒體堅持愧未能願乞楞嚴傳大定文殊爲我脫摩登

昔年擲果同騎省今日持齋學太常花事已闌情亦減誤他三十六鴛鴦

譽我都云尚少年風懷豈識遜從前自將駱馬楊枝放任達心情似樂天

傾城名士盡兒嬉，雪嶺今朝昨墨池。誰信羅虬無賴甚，至今留得比紅詩。

豎拂重開色界天，懺除綺語掃言詮。收心日對華鬘坐，此是桃花悟後禪。

丁未

題元微之會眞記後

尤物偏教怨玉笄，陰符長恐佩璇閨。春風帳殿神君降，大道蘼蕪棄婦啼。晚節卿猶躭補過，朝飛士或諒無妻。如何老去悲韋氏，沽酒金釵句更凄。

市樓偶題並示黃召平大令景棠

此生我願爲情死，不管旁人說是非。大地方酣蕉鹿夢，漆園蝴蝶故飛飛。

不願情死願情生，休慟江東阮步兵。捉月何如人墜水，士龍大笑亦縱橫。

遙同香江厲公潘老蘭韻

傭書未倦客中身寵柳驕花志不貧久歛綺才來賣賦雞林賈遜漢宮人

懺綺 有序

佛法許有罪人懺悔惟不准打誑語余也省念平生綺業最重某日晨興率書韻言四首以當供狀哀告雙林寺主爲余佛前呈首追序前塵語皆徵實雖仍綺語之習幸免打誑之呵龍天在望鑒此時心

鶯花待醒廿年狂耐可心情懺醉鄉八百受降輕媳婦三千如土陋明皇神全玄牝迴寒谷膽壯青蛇過岳陽搖落于今巫雨館能存詞賦未荒唐

吹笙人去苦低迷碧海先歸有羿妻銀漢小橋塡夜鵲銅壺遙漏詛晨鷄屈巫南國延年北宋玉東家少伯西誰信楚歌亡子弟相從畢竟讓虞兮

猛憶娉婷未嫁身諸天飄墜爲誰春春駒夢熟花無命天女魂歸韈已塵紫玉殘釵傷李益青衣團扇失王珉當年文伯容身死自殺房中可有人

敢將好色罪先天縱醉同爲後起緣南國跡留蘇學士諸姬詞熟柳屯田避人有例談風月種樹無心易歲年身業未除增口業泥犂香獄咒青蓮

謝別金鸚兼示新妹桂英美好諸詞史

散盡黃金儘買癡凄涼抽筆寫相思闌干濕遍梨花雨無奈東皇欲別時

縫窮婦行

烏生八九鴟鴞七拮据畢逋毋相失女貞鞠子自成行一綫生涯共行乞東家妬煞富家婦縱有千金輸敝帚西家羨煞貴家娘眞有蕉萃勝姬姜爲言蕭瑟長門長桃華難賓棠無香頻煩禱祠高禖祝無那醫錢服食方哀汝縫窮嗟來食齋鴿延僧等

功德長前幼後母尸饔堂上嘖嘖翻圖儂圖儂有子萬事足富貴何如今縫窮願以所無易所有幸得將雛莫將母賜金郭巨免兒埋式穀螟蛉隨蜾負一言未畢婦搖手掩耳聞雷礙而走似有報辭對曰否諺云子不嫌母醜汝富汝貴恣所求請勿下同匹婦雙手挽筠籃向街頭相依爲命子母牛

嘯虹生詩鈔卷第四

閩海邱煒萲菽園甫著

戊申

感懷

錯疑天女愛春華豈意禪心伴落花冷艷白桃新寡婦幽寒翠竹故良家畫堂日暖空招燕弱柳枝低忍着鴉雲捲高唐憐夢醒月明胡地泣琵琶

香妃并叙

是爲乾隆時某回部王之正妃相傳爲體有異香故得此號乾隆帝聞而慕之迨後用兵回疆授意統帥兆惠果生致妃輿送京師帝爲大悅妃既入宮預蓄死志且欲乘機復仇驟發不中帝急避去使內人誘解百端終不爲屈帝猶眷戀未行遣出事聞太后慮有意外廼瞷帝出獵先戒諸門禁召妃於階前賜帛妃含笑受命帝

至中途忽然有省廻輩視之良久門闢而妃己氣絶矣
此事百餘年來未詳紀載近人湘綺樓集及春冰室野
乘始互見敍錄而辭有異同葢各據所傳聞世有弗能
盡者矣余茲約舉之以成小序云

玉顏大脚花門女爭遣銷魂別有香自古新詞寫遼后秪今盧
位貯昭陽胭脂肯奪蘼蕪綠鐘鼓偏乖窈窕章遮莫取嫣兼滅
息九疑雲雨誤荊王
鸞鳳深宫樹樹棲瑤華更折大荒西漫姱魏武酬銅雀孰與楊
妃暱愠羝尺組忽銜靑鳥使長門永恨夜烏啼當時駝足知多
少一任香塵蹋作泥
傳呼萬帳索如花擁輦元戎競鼓笳窮戰誰憐抛子弟香名浪
說飲官家空聞宋帝迎周后不見高公斬麗華賴有旃檀能自
爇獨留闈史重流沙

女士沈壽絲繡意大理國今后愛理娜宫裝半身肖像工

歛絕倫見者嘆美

胡然鏡檻覿天人璀璨珠光識大秦羽服有儀鮫室製雲容極想海天春閼氏色豔明貂領戴勝冠高倚錦巾擬似徐妃妝半面像生花好愛針神

慈禧西太后輓詩

露電朝飛報上仙瑤池天外有重天蕭娘稱制同遼室呂紀編書重史遷歌竹聲從羣侍慟驅豺事感子皇先遙憐楚楚瞻朝士長握金輪五十年

定策從教弟繼兄東都母后歷尊榮金錢姹女搜瑤室灰刦昆池擲水衡嗚咽几床禳鼎雉淒迷心事洩宮鸚雄才辜負中興運鳳德終衰惜尾聲

己酉

問訊蘭史吳遊道中

水郵山郭好停車閶卒臯傭笠澤書可有東風歌婦豔閒披南

史認民餘縱橫劍氣看題虎容與蒓鄉共話鱸一十五年過夢影比來酒價復何如余自乙未別崧回首瞬十五年矣

寄答友人自粵海見懷原韻

酣飮何辭鎭日昏東西南北莫招魂難尋淨土維摩寂儘有柔鄉合德溫萬里鴻飛寧作健十年夢覺若留痕頻煩嶺外音書達兀傲平生怕受恩

女伶游氏別我八年矣今歲己酉夏月星洲重來殷勤踐舊瀕行出篋中故像相貽報之以詩

眉圖依約遠山青舊曲何戡掣淚聽重晤鬟雲如夢裡敢從人海祝飄零

過人哀樂我偏知感世聲音孰任期願借歌臺當講座綠珠南面擁皋比

留別金玉校書

慚愧芳時耐別身茗華可愛忍抛春桑中薄倖逾三宿雨散巫

雲懺夢神

無多情話付沈吟定惹青蛾淚滿襟是我負卿人負我璇閨權術俠遊心

遣婢

種得花枝乞與人東君無計永留春烏衣朱雀斜陽影廝養牙郎落絮身竹裡樵青虛打槳奩前小玉黯隨塵低鬟戀別牽蘿屋翠袖單寒諒主貧

詠影贈別何遠馨錄事

銀荷珠箔惜餘熏對影偏癡去住雲雲自山中何所有影憐身外莫能分明蟾裁扇光難掩小象含香篆屢聞飛絮飛花長惱亂那更腸斷是斜曛

星洲送別何錄事

舊時明月舊時樓目極青山送去舟今夕姮娥驅出海盈盈風露正殘秋

記曾花底訴飄零累我樽前制淚聽又是別儂銀漢去大家滋味似雙星

孤舟莫繫柳含顰和雨和煙送好春願託愁心與明月相隨一路伴行人

迴面搴帷慰寂寥留春容得幾明朝無情最是星洲水依舊催人早晚潮

眞同一水阻銀河秋汎平添恨較多輸與渡江雙桂楫些時猶得近微波

江上青青送遠峰洛姬羅襪尚留蹤貽來一幅驚鴻影惹得青娥起妬容

庚戌

重過何錄事故居

留春不住送春歸門巷斜陽燕子飛剩有宵來明月影隋風淡蕩入空幃

將飛復舞對迴風道有癡魂慰夢中（用本事）春色重經梳洗地相思花發去年紅

得何錄事別島來書賦答

越女悲吳會文姬惜漢姝鴟夷原約范駝足竟淪胡一自紅顏遠相思白日孤枇杷空滿葉楊柳未能圖瘴海凄凄見春山淡淡無天邊書寄雁竹外韻生梧恨入纏頭錦抛同上掌珠開函頻掩涕數墨恍長吁雲母難偷藥神仙不種楡釵猶沾小玉曲尙唱羅敷憶逐青油幙分簪紫菊萸層樓隨月上香徑倩花扶桂窟從呼姊雛樑解護雛離情偏警芍妙謔暗憐芙誰謂圓多缺眞成碧是朱三生嗟杜牧一水阻黃姑溢口琶聲咽裙腰草色紆詞應塡蝶戀飲自導鷄酥夜雨飄千里秋風落五湖君看此遙夕宵夢已先驅

何錄事從檳島來會星坡小聚半旬出視羅巾即去年余之所贈也爲題邊幅付還之

去年今日一羅巾如夢相看淚點新更助淋漓數行墨他時記取執巾人

何錄事留贈寫眞弟二圖賦酬

名香沈水百千熏開怯風吹摺怕紋商略崔徽圖位置最宜舒卷近朝雲

重送何錄事別後卻寄

水眼山眉悵暮霞寒潮落葉捲平沙獨餘涼信吹蘋末起向中庭望月華

何錄事屢有書來勸余止酒甚感其意即題箋後報之

頻煩諫獵女相如雙鯉迢迢托起居酒債尋常隨日長愁懷依舊別卿初東隣阮籍當壚婦西蜀侯芭問字車護倒自憐躭宿福經程誰與遣居諸茂陵渴疾曾無解湖海豪情久未除爲有濤箋珍重意麴生從此絕交書（護倒野騃名見陳季常詩注經程酒量名見韓詩外傳均古方言）

秋夜夢何錄事醒後爰賦長歌却寄

綠蕚彩軿行不定暮色吹簾入空暝對面巫鬟幻九疑攬裾明珠猶雙贈欲雨不雨雲態蠻是花非花月痕證碧海青天獨夜心冷露無聲滿香徑似言藥阻玉蟾飛長覺愁添兎兒孕花魂雖弱解因風恩怨喁喁憐夢醒起視星河銀漢隔明鏡明朝定頭白不然賣賦學相如遥須浮家從少伯可憐四壁羞芙蓉秋風道阻嗟臨邛朝來滌器酒家傭渴疾不解金莖濃座中宛宛修眉丰天邊隱隱行雲峯儘阻蓬山幾萬重我歌若舞長懊儂

殘冬獨夜起憶何錄事戲效蕃錦集體寄之

調倚菩薩蠻

傳書青鳥迎簫鳳（李嶠）梅花清入羅浮夢（殷堯藩）茗椀對爐熏（黃庭堅）香生紙帳雲（陸游）光飄神女巘（駱賓王）覺見半床月（李賀）空爽上春期（梁元帝）低斜力不支（白居易）

辛亥

辛亥春初游踪指緬便道檳城與何錄事聚首經旬堅約

後期而別

禁銷羈思殢春燈廉士紅妝汝尚能纑屨倘容諧市價不妨檳

嶼覘於陵

仰江舞妓筵上作

合樂奏蠻姬華燈映錦氊當筵榴粲齒曳袖酪凝脂密雨隨腰

鼓迴風掠鬢絲舞低紅躑躅觴進碧琉璃重譯花能語流波酒

不辭更番傳折柳留永驛程思

柳枝篇別筵贈緬舞妓

客中送春能幾時主人送我招柳枝柳枝本是天涯樹好向樽

前綰別離風和日暖烏鈎輈花底清陰唱栗留腰鼓自調翻舞

躧雲鬟乍解落搔頭異方殊態天魔女落絮游絲無定所觸撥

閒愁感不禁客裡詩篇渾漫與躑躅花開歌緩緩夜光盃接春

光短不辭更舞態低昂取次新腔音續斷舞自迴風歌遏雲春

歸無計可留君還將笛裏青青柳吹作瀟瀟江上聞

緬仰迴航重踐何約羈棲檳嶼隨歷夏秋感而書此

東山挾妓宜中歲湖海求田屬下床肯爲鱸魚縈別夢卻緣春色殢歸裝

七夕檳嶼客中戲示何錄事

盡會依然歲易新別來滄海幾揚塵天孫縱有姮娥藥河鼓占星應老人

檳嶼留別何錄事

燭短都禁淚花繁莫折枝聊同樊素別無奈杜秋詩玉笛春風咽金衣柳絮吹回頭成別夢併力造相思

檳嶼倦游歸舟垂發何錄事手所御梳爲余壓裝爰酬此解

調倚念奴嬌 和東坡居士大江東去韻

梳疏成織驀驚心一握香奩間物便許風鬟長對坐莫遣家徒

四壁憔悴雙文水精簾下蕙草看銷雪軟裘快馬我非赤縣才傑　偏汝膏沐誰容玉釵臣掛當此輕舟發明覺曉風楊柳岸正值殘星明滅夢裏驚迴吹篷落葉料峭生華髮新弦頭上明明此意如月

發字韵調法上四下五乃依正譜塡之如此故與東坡先生大江東去傳作中之卜喬初嫁了雄姿英發上五下四字數彷弗詎强同者

感舊錄別馬來海峽道中迴寄何錄事

篔林香樹苦不殖瘴雨蠻雲黯無色何來一葉墜天風翻祝飄零靡終極照眼春星耿欲流凝妝秋水淨如拭倚竹相憐翠袖中量情直到錦韈側年時憶送油壁車陵下煙水滿蝦蟆擁楫莫留小桃葉到門翻恨紅桃花誰知一水九迴阻不碍輕帆十幅斜宛轉鸚哥呼李益去來燕子任盧家偶然招手雲中駐睐得王郎隔江渡高邱佚女散離憂別館荒臺易朝暮朱書早識歸舟句醒視芙蓉阻煙霧珍重墜葰入夢身樓閣高寒生桂樹

壬子

壬子七夕星洲厲樓有感去年七夕事書寄那人

記曾搴箔對憑欄兒女神仙話已漫飛鵲啼烏憐獨夜畫屏銀燭惜餘歡休提誓約三生舊同屬人天一水艱良會早知成恨別那堪後會更今看

悵別 怨那人詠也

調倚柳梢青

一樣簾旌舊時月色今夜秋聲佇遍靈風吹殘夢雨何處雲行春人如絮飄零便絮也相逢斷萍翻羨楊花教題輕薄有箇來生

陋巷雜事詩

小小門庭疊疊窗浮家恰稱屋如艭後樓更枕青山好白浪寒烟阻大江

廬室通明玩夕暉寒英不落况翻飛玻璃槅子玲瓏甚容擬簾疎談燕歸

綠楊影裏聽鶯聲十步青茵曳屐行偶向讀書堂外望比鄰環擁似長城

一角危闌矧碧虛盛盤斜轉認蝸廬散仙久謫蓬瀛外猶遺雲中最上居

杳然煙點辨齊州壁上丹青隂九邱驀地山川驚改色濃雲如墨過西樓

妻解攤書婢疊箋先生無事且高眠又虛一日斜陽影獨樹花開客自憐

海雨離離洒碧岑宵來藉酒敵寒侵小樓深巷春花曉翻遺詩中有麗心

久蒙俗赦謝高車自有風聲到草廬未愛繁華况平淡由來哀樂不關渠

戲贈陸夫人

頻年看老賫連波椎髻荊釵足和歌舉案猶能同賃廡迴文差

免怨機梭書成博議千秋定坐對芙蓉四壁何知爾金經勤唄誦談禪吾亦病維摩

梁鴻詠一首書眎內子陸

身將隱矣又文之留得登高五噫詩舉案未終沈俠氣會須穿家傍要離

月下小酌放歌

調倚唐多令

舒卷漢宮羅天風拂素娥晚妝寒古鏡新磨玉宇無塵行緩緩仙袂舉抱雲和　桂影上樓多清樽發浩歌淨空明滿注金波倒喝冰輪成閏夕懷裏墜當珠搓

聽鸝

調倚浪淘沙

芳草綠萋萋繡滿湖堤春煙一碧與雲齊更愛微風楊柳樹着個黃鸝　宛轉盡情啼叫破天低雙柑斗酒手親攜來領詩觴

癸丑

清故后隆裕輓辭

黯黯孤星掩曙天沈沈故殿絕哀絃莊姜畢世悲黃裡望帝當春逐紫鵑禪草凄涼投璽後宮花寂寞捲簾前女中堯舜隨生謚腸斷人呼讓國賢

濯龍妙選妷從姑誰信長門賦竟無身後山頭憐凍雀庭前夜半泣慈烏東朝正寢猶陵隧后紀終篇殿漢胡見說壽筵扶病起時聞忍死目遺孤

甲寅

箴游女 有序

女子失教羣樂佚游顛倒裳衣放誕自喜先哲云服奇者志滛有心人覩此不能無喟

雌雉爭翻蜉羽章相逢妹喜變兒郎東家供食西家宿南部風

流北部妝會覩卷葹誇手爪又聞蕉萃棄姬姜漢濱遊女銷魂甚士有憂思正可傷

寓目有感

闌珊花事虐西風逝水何心捲向東落盡珠英飄盡絮更無人在賞殘紅

時華僑巨商有突遭外國市場牽動之影響而將覆敗者因乞援於平日愛友咸諉爲無辦法也

乙卯

閱明人所爲張靈崔瑩合傳感詠

異代崔張意未平過原無補恨偏成當時以會眞一記爲口實疎花怯比啼妝女寒月凄如落魄生遺妬孰教天與色殉亡眞見世多情猶憐隔世談徵兆同擬前身証鶴笙相傳張靈因兆感王子晉而生故字夢晉余今友中有湘人易實甫者素負異才尤工詞藻衆復以張靈再世擬之

丙辰

唁南海先生新喪副室何旃理女史 有序

女史幼而知書兼通英國文字能水彩畫庚戌歐美游歸小住星坡之憩園余從索得手迹數幀荷月柳煙意境蕭曠見者咸皆歎美頃聞遘恙歿于滬濱先生痛逝之餘徵辭及遠余用即畫起興並申哀誄之微意云

急雨打荷圓璧碎濃雲抱月寶珠沈了叉展玉疑新讖叱撥斷紅悵綠陰郭代淑姬應厚殯鍾成命婦想徽音由公作達誰能遣錦瑟華年定廢吟

丁巳

佳人

調倚采桑子

佳人自愛函光俠臉底桃花腕底桃花兩種情懷未較差 前身試証圓因果花影窗紗月影窗紗一樣丰姿是作家

一春

長醉花前不願醒一春吟思付嚦鶯聞歌屢顧容知誤縱酒何

心轉近名幾度橋邊同走馬最高樓上好吹笙茗華未暮韶光
晚閒懺當年淡蕩情

嘯虹生詩續鈔卷一

閩海邱煒萲菽園甫著

庚寅

題白香山琵琶行後

回首當筵樂未休四絃彈絕不勝愁如何司馬青衫濕竟過楊枝離別秋

聊齋志異題后

非仙非佛非狂亦隱亦諧亦莊寄托美人香草源流山鬼國殤風前哀思窈窕卷底離合陰陽爭遣撏撦爨弄由來雲雨荒唐

西施

妾自承恩幾日纔今朝麋鹿上高臺捧心別有傷心處悔不蘿邨老我來

二喬

春深銅雀竟何如十二年中快壻居一笑阿瞞渾不識兒家原

自讀兵書孫周分納二喬在建安三年赤壁之戰在建安十三年銅雀臺之築又後二年杜牧詩一往豪邁弟弗深考後來述演義者徒快筆舌更無所謂

綠珠

長保紅顏不斷恩同歸白首有芳魂齊奴奇福欺孫秀金屋棠香快訟寃

楊妃

粉黛三千寵一身玉環麗質自無倫金錢往事分明諱史筆憐才到美人

讀玉谿生詩

幕府才高亦謫仙詩人遇苦古來然傷春傷別知何限錦瑟無端費鄭箋

雪美人

飛瓊相對鎮玲瓏小刼三生一現中皓質羞呈脂粉艷畸魂原解色香空勻描眉黛前身月瘦損腰圍昨夜風會向水晶窗下見無言消息有犀通

未便溫存熱頰偎，清標那許染塵埃。藏嬌我欲商金屋，作聘誰堪下玉臺。薄命苦隨流水逝，深情還讓夜珠來。留仙乞向通明奏，安得人間罷可哀。

鷺島遊次聽雛姬阿璇試奏新聲詩以張之

琅琅音奏海雲璈，脆肉風流信足豪。宮譜人驚聞裂帛，哀思我自愛離騷。舌偷鶯語三春巧，身比簫枝一尺高。曲罷每矜阿母寵，低鬟時復倚檀槽。

問桃

仙源有客舊知津，洞裡人家好避秦。既是再來尋不見，當初何苦引漁人。

惆悵仙雲日易斜，春風仍舊到天涯。如何不管崔郎苦，儘對愁人著意花。

庚寅余初成此詩時祇是詠物隸典意中實無所指迨後二十載與何校書相識獨念前詩訝並其小名早已暗示句中且預爲分携之兆天下事以無心而値適然其巧合乃有如此者料想昔賢所謂詩讖之說不過爾爾

辛卯

鷺島重尋舊歡綺琴校書知其已去因檢得影像以歸

渡江春色已闌珊無復煙雲辨髻鬟供得折枝花影好畫屏淡綠伴秋山

壬辰

友人曾慕襄孝廉宗蔡歿之七日其配鄭孺人絕粒以殉

君行且住掩帷哀寂寞何須怯夜臺自是鴛鴦生並命未亡眞箇也亡來

一死差存自主權相隨入地勝昇天劇憐絕粒貞朝夕剛及宮閨待廢年亡時恰三十齡

癸巳

思幽迴文

愁吹笛韻遠雲流月出東華露氣秋牛女對河明耿耿樓邊鶴駕舊仙遊

題畫美人在榕垣作

不鬥時世妝獨把鉛華謝十年如玉身娉婷今未嫁

甲午

題箋謝某妓人

無因廻面避雲英薄倖都緣薄福傾媿向江東參半偈卿猶未嫁我成名

乙未

滬濱見西洋妓戲爲口號

休同織女阻銀河長笑秦雲憶素娥數到西方稱極樂西來還覺美人多

題沈孝廉所著宣南夢憶及落花詩卷後

怕說詩佳轉近名終南捷徑在春城飛花特與風懷託韶舜毋勞聽鄭聲

乙未冬日村居無俚偶拈紅樓夢說部人名戲爲分詠得

若干絕句

聰明福澤此生中，擁翠多情易悼紅。濃到盡頭淸到骨，人間何處拾流風。賈寶玉

埋香人正怨東風，埋玉無端又落紅。試問花叢誰得似，可憐無語夕陽中。林黛玉

正了相思共婿鄉，單棲又抱冷鴛鴦。一番合德溫馨過，底遜旃檀好道場。薛寶釵

湘江春曉怨幽蘭，漢苑秋深倦舞鸞。儘讓梅花三弄去，曲高調古不輕彈。薛寶琴

百花叢裡出羣難，占斷豪情便大觀。一事更饒眞道味，也談經濟學儒酸。史湘雲

來是停雲去御風，天生孤潔落塵中。嬋娟雪月長相憶，檻外梅花獨染紅。妙玉尼

蘅蕪長夢入宮來，妃子魂歸望帝哀。珍重如天多雨露，可憐影

事盡成灰　賈元春

手篇感應費推尋淚洒花叢各淺深省識飄茵同墜溷旡權青帝一沈吟　賈迎春

劉家三妹此娟娟一摑留痕尚凜然今日憑城狐善崇懊儂無𤕤擊當前　賈探春

櫳翠庵荒水月空啼鵑長與懟東風三春最小偏憐汝解懺怡紅自惜紅　賈惜春

一般家世出侯門秋水無塵玉不溫人自種花儂種稻稻香風過綠成村　李宮裁

花簪宮樣倚東床茗啜春風坐桂堂又向人天歡喜地優婆夷證妙蓮香　王熙鳳

比雪能香比玉紅桃花信斷太匆匆世間生死尋常事如此春風易惱公　秦可卿

倚竹佳人翠袖偏寒閨原不受人憐眞同小朶煙中立凈洗秋

光見妙娟　邢岫煙

東風著意太顛狂吹入名園不許香一樣花開還色澤從經攀折自尋常　尤二姐

人間未許錯鴛鴦天上何須羡鳳凰一往深情開慧眼青谿三妹本無郎　尤三姐

終脫青衣集上林早存弱息報知音世間忌主尋常有可惜韓彭昧用心　平兒

弋人何篡蛻埃塵未共鴻毛視等倫堂上成行七十二半傷折翼隳芳因　鴛鴦

慣將輭語激痴郎往事低徊一斷腸留得此身歸佛去綠雲如幄冷瀟湘　紫鵑

亦思同命學鴛鴦一着誰教誤窘鄉籠絡國人多善術如何不自計收場　襲人

敢將公子繡新絲繡得裘成力不支瘦到腰圍無一尺此情惟

有夜燈知 晴雯

好因緣是惡因緣天女維摩總悟禪請汝上場煩汝下全書關

鍵一英蓮 香菱

紅豆相思傳艷曲青衣入道侍慈雲終身竟學文三變一世難

圓月十分 芳官

翩翩濁物數怡紅未得佳人一顧中閒譜尋芳驗開落東籬原

不受春風 齡官

爲容知己鎭相歡兩小無猜己肇端莫訝輕身同一擲人間此

着本來難 司棋

鄭家詩婢侈泥中爭及豥豥數語工談笑一麾相顧却雛鬟雅

具展禽風 侍書

金簪落井兒家識蓮葉殘羹妹子嘗一任多情空撮土紅塵可

有返魂香 金釧

滿懷心事不言中子夜星辰午夜風椽燭試燒寒氣重海棠勒

佳一分紅 五兒

丙申

星坡有憶舊人阿雲不可得見

仙雲散後罷吹簫空際聞香結想遙任是三分明月好南來秋色負今宵

臨別寫贈阿帶錄事

久將心事托微波雙槳橫塘昨日過不辨憐才還暮色却嫌惜別反增魔裴航自踐藍橋約樂府應編子夜歌莫訝花開容蝶戀枝頭消息引風多

繁枝長恐負濃春接軫風花証妙因奩畔鴉鬟能識我堂前燕子解依人通辭洛浦良媒近小飯胡麻玉婿新聞道相逢猶未嫁雲英眞覺可憐身

紫雲許乞笑清狂懊惱驚筵未解妨鸚鵡何期呼李益巫峯儘管說荆王塡橋烏鵲深宵靜銜信青鸞別院忙待臘添將園柳

恨舒條容易洩春光
衞風詩好恰憐君素女頎頎自出羣本色最難膚似玉柔馨眞有鬟如雲燈前微語肩雙並樓角斜窺月二分偏是天然知愛好每扶殘醉把香薰
玲瓏一點逗犀心花底間關度好音剛別生人猶覥覥盡除侍史任猪⿰犭音東船西舫無言悄高燭紅妝獨夜深絮語喁喁腸覺斷又從歸訊苦追尋
自顧風前有所思歌迴金縷最憐伊干卿底事春池縐與我周旋夜漏遲銀燭移燒花未睡洞房透入月相隨畫眉好借張郎筆來寫迷香九首詩
花影垂垂貼繡幃纖纖荑手褪羅衣新妝儂自宜衿窄大體人應訕婢肥河鼓已看天女會蜻蜓不避伯勞飛須知丈室仙花落要向維摩座上霏
有路蓬山路已通黑甜鄉在好花叢九疑楚雨連朝闇三變文

心一夜同携腕猶憐神游夢拂衾長謝美人功荀郎自媿無他贈賸有香熏錦被融

義山詩句太纏綿帶綬雙銜斷復連隱語關心提芍藥常儀無術永嬋娟蘼蕪織布休嫌短裙佩還珠自解懸臨別江郎才亦盡筌蹄任唱想夫憐

丁酉

珠江席次喜晤林氅雲郎中鶴年邀過畫舫談詩而別

玉絃錦纜酒如泉簫底相逢白石仙分向萬荷花裏坐月明香氣証紅禪

重來星洲阿新阿雁兩錄事朝夕侍余于花雙閣別墅閒中戲效紅樓夢香菱鬥草故事各選得並頭連理入瓶供養爰塡此解以酬其勞

調倚減字木蘭花

花花對對嫩比春韶柔比態雨雨風風簾几棲陰午影融　香

香兩兩仙露明珠同上掌燕燕雙雙桃葉桃根共渡江

戊戌

弔臺南女子蔡宫眠

本無庸福苦生才搖落紅梨冒雪開自遣瘦春描病影未邉言惜只言哀

詠西婦素履

凌波仙子降西方羅韈輕塵别樣妝我自銷魂聽步屧白芙蕖襯玉鴛鴦

己亥

觀歐洲女優作西文字舞

蝶衣五色幻繽紛金雁銀鵝列陣雲擬似錦城娉字舞太平萬歲譯靈文

庚子

病中書寄月明錄事

數日不相見憐卿復憶卿杜門緣小極倚幌負多情眉樣天邊月琴心腕下聲一時勞夢想消息苦分明

白石青溪跡紅牆碧漢心孤懷增意緒小別耐思尋禪榻風花影秋窗露竹音更闌數羣籟涼訊正沈沈

有阿好錄事者不期而至因余侍姬以自通誠願言委身焉要非余之所堪也既謝郤之復成二時聊寫惆悵

寶兒丰韻太憨生持較前身定屬卿與我目成紅拂侍背人私語紫釵盟閒來油壁藏金屋便擬瓊漿叩玉京今日諸天天女降漫云太上竟忘情

湖海狂名到處新一言消受美人恩紫雲杜牧禁遲暮白傅楊枝嗇好春怯怯華年彈錦瑟盈盈飛絮踠香塵因風願祝章臺柳珍重章臺入畫身

即席詠骰有序

花酒逢場擲色爲令每巡及余告免不可請以詩代衆

即指女錄事手中骰子爲題限十五咸韵率書應之

袖羅雙捲手摻摻行酒當筵立史監笑喝雉盧隨博局輕拋緋紫脫朝衫飛花點點陪觴勸捧手從從比令嚴要共明珠千萬轉不辭歡接把盃銜

辛丑

俳體戲贈主謳者黑老三

采藍歌板按春風轉綠迴黃幾度中長愛青青翻四疊白頭名唱領紅紅

旗亭偶集戲取諸伶名號點綴入詩率成一律

花花葉葉簇瑤臺翠羽鸞旌湘水開俏品春松神女態細斟秋杞麗人杯懷中紫疊回文錦裙脚飄揚寫賦才等是霓裳成舊隊桂宮仙子一時來

壬寅

贈張女士

龍女珠光現法華脫將纓絡度貧家黃金世界青蓮舌開遍如來古佛花

癸卯

惜夢 為阿蓉作

蝶魂長戀故花枝誰信甜鄉易別離曉景不侵風莫破重煩殘夢續尋伊

甲辰

覆覽清河女士去歲手書謹即離合唐人千字文帖字成詩四章以報其意

去歲承青李新年引素心爲傳覆書意並問起居音天漢離明獨西方道濟任棠華居密邇寒信竟沉沉（去冬女士離去星坡以後余曾重訪於其故廡不值）

自牧歸貽信嵇生性善忘優游容散木高舉相朝陽謝詠才斯雅鍾琴樂自張神人推處子姑射美蒙莊

龍女珠光照圓明善果同迴翔南國外緜密尺書中路德規能

改羅蘭願罔通箴言詳耳熟摩誡效慈功

廣東新女學斯世孰能羣爲有女床鳥高飛泰岱雲矢懸男子

志象畫左行文修竹瞻園翠懷人首此君

嘯虹生詩續鈔卷二

閩海邱煒萲菽園甫著

乙巳

讌游雜詩

南樓夜宴祝怡紅一蝶來過萬玉叢香口代郎親發令團欒人坐月明中

生年十五自盈盈堂上文鴛乍目成聞説娉婷猶未嫁玉山何日貯瓊英

華燈照激管絃新戲語何緣玉女嗔金扇暗遮雲鬢影卻從扇底暗窺人

天風鶴背競相招午夜鸞笙散紫霄明月漸低燈欲炧滿堦花影下如潮

卽事口號

何碧一別成千里阿馨一夢酣千春此後東風楊柳陌年年管

領付何人

聽歌

聽歌每逐少年塲檀板金尊月滿觴忽動半生哀樂感新詞重與託珠娘

美仙風韵似香君宿酒嬌慵日又曛爲有珠喉高格調歌聲響處過行雲 美仙

莫是霓裳舊舞姬豐容不鬥瘦腰肢稱名丹桂高華甚傳遍詞塲拜月詞 丹桂

聰明福友曲新題帳下虞姬擁髻啼唱到蒼涼悲壯處楚歌絕調覇王妻 福友

隔座荷香送晚宵蓮金情韵足魂銷琴聲自賽箏聲急催酒筵前故故嬌 蓮金

玉嬌醉態寶兒憨南粵謳詞代雅談卿自按歌吾記豆一般風味憶鵝潭 玉嬌

選字新聲弔影工娉婷人倚月明中麗華閣上梨雲思一白能教壓衆紅麗華

損我秋窗幾夕眠晶屏校曲付書仙自從領取周郎號賺盡紅兒誤拂絃

羅采蘋詞史以金匣小影當余襟左綴之因笑謂余視雙龍寶星何如余對云如卿言亦復佳惜余弗作京華夢久矣幸出香閣所貽毋致山中猿鶴見訝耳賦酬

夢斷雙龍侍玉階金閨殊錫鎮風懷春星寫影蟠螭護襟佩新添月樣牌

有憶羅詞史書此寄之

記得逢卿日高樓獨夜深手持殘燭照帽倩好花簪此亦三生影憑通一點心天邊明月在雙印到如今

今夕思前夕茶香夢自溫綵雲煇素月酥雨潤金荾刻玉釵頭鳳添紋被底鴛平生慚薄倖未報美人恩

恩怨憐兒女卿憐勝自憐燈昏頻破夢愁大欲箋天詩酒江湖味風花水月禪東山絲竹感漸漸迫中年

對酒懷羅詞史

采菊傾佳釀相逢笑口開空中花雨散天女可能來

百盞葡萄醞猶憐勸酒時銀箏聲不斷中夜我題詩

有酒當思醉卿言亦復佳爲誰時出定棖觸好風懷

乍憶旗亭會諸鬟選艷歌殷勤添一斗聽汝唱黃河

缾爐安妥帖自愛晚香薰對月杯能舉低頭每憶君

杜牧狂言慣湖州悵綠陰罇前看鬢影莫遣此時心

病間寫寄羅詞史

郤緣小極悔倭遲幸阻妝臺去日知舊夢如雲推不得思思憶憶憶相思

愛汝紅妝艷似桃金尊檀板唱聲高鄙人英氣磨還在話到銷魂夢自勞

仲宣體弱怕登樓爭似齊紈易感秋劈破瑤琴投彩筆平分恩
怨兩无鄄
欲剗情根學遁禪微生結習未能捐無多花慧深花業又裊游
絲入恨天

丙午

歡場雜述

不分愁中與醉中到來香國霽終風等閒一笑千金值破得儂
顏是酒紅
舉舉傳呼數舉杯攀條走馬過章臺狂言每觸青娥恨判再揚
州夢一回
綺寮排日選新聲醒便逃禪醉避名我自無心借花酒如卿端
合近狂生
銀河露裏燭光微輭語連宵到曙暉襟上酒痕如昨夢又添花
氣近薰衣

題畫香草贈妓

環佩風前似可聽生新葱蒨立娉婷誰人照景誰人見千古知心是小青

湘靈宛宛步微波楚舞含情對楚歌芳艸也同愁緒長天涯消息近如何

所眷伎人中有名小憐者偶與談及北齊後主遺事戲成一絕用資拊掌

小憐玉體並肩時大有憨情繫我思我比高王消受慣斷無簾外報周師

宿願詞

一番簾幕報東風花事先春露小紅願得將身化釵鳳銜來春色鬢雲濃

娥池指月愛初弦謫向妝臺事絳仙願得將身化銀管畫眉時節恣卿憐

禁寒天氣殢初春小閣明燈賭幾巡願得將身化犀斝非時長復接芳唇

綠莎選坐柳陰陰閒曳輕羅款步深願得將身化鸞帶玉腰牢擊結同心

金屏摟伴倩花扶綽約丰神愛藐姑願得將身化芙帳垂雲深護玉人膚

橫塘瀲灧戲鴛鴦白藕花開送熳香願得將身化冰簟親承體貼到珠娘

千絲密縷貼溫柔忍見齊紈易感秋願得將身化鴛枕一生長並美人頭

莫驚香夢汝南雞遲月慳眠困玉筓願得將身化珠箔重重花影隱棠梨

明明如月兩頭尖慚媿狂生福未兼願得將身化圓鏡清輝永夕照文奩

丁未

檢校賈蘭惜言情譯本章回小說爲之改編一過並附四詩於後

不望人憐只望知偏驚知我亦難期頭顱大好將誰屬天地無情奈爾痴未解三彈長柄鋏便差一着滿盤棊窮途已是傷心極何況歧中又有歧

等閒杯酒數恩仇壯志蹉跎未肯休失足方慚無賴賊登天瞬奉富民侯三車釋子談空有半夜莊生喻壑舟世事無常人孰著一番寒煖一春秋

梅酸蓮苦怯風欺重惱封家十八姨從道家鷄輕野鶩何來牝虎過雄獅婆羅斷臂身同捨鶺鳥調羹妬可醫續命有方應記取漫勞獺髓補凝脂

彩筆生花夢自由靈源濬出道頭頭斷金有意聯嘉耦胠篋何心任蹇脩半世良朋知管仲畢生賢婦玩高柔寓言十九緣情

作奇語初從象譯搜此書在香港出版其名因取通俗稱爲劇盜遺囑云

戊申

讀孔云亭桃花扇傳奇偶題

美人香草有高文血色花光映夕醺題扇風流題曲感未虛心力畫朝雲

團扇歌兼擁楫迎烏衣舊話擅多情渡江名士知何許故國河山起嘆聲

馬阮登場日已斜白頭江總嘆無家美人例預興亡局商女猶歌玉樹花

草草南都閱歲終福王無福作高宗遙憐新澤羊車路可有張仙祀宋宮

楚歌氣盡妾何聊天子無愁坐小朝又是桃紅春易暮冬青樹下冷餳簫

凝碧池頭夜月高管絃人奏鬱輪袍阮亭秋柳鎖魂甚爭及云
亭扇底桃

蓉塘曲

欲采芙蓉花烟波渺何許不見煙中人但聞隔花語

己酉

題伍懿莊德彝爲楊崙西其光繢花笑樓塡詞圖

調倚阿那曲

拈花悟得無言笑一瓣迦陵分粤嶠畫師解意寫高樓舉似筆
花成四照清初陳迦陵先生其年廡水繪園時嘗作塡詞圖文采風流照耀一世今日崙西知瓣香固有在也

庚戌

所思

起舞樽前發浩歌所思偏在異鄉多倏然此意知無賴月白風
淸子夜何

孫吳公主小虎墓有叙

墓在海昌覺皇寺後樵牧相傳但存梗概道光年間有人取起古甎發見五鳳紀元印紋于是益信當日士流頗多題咏余豔其題乃遥爲追和云

成煙紫玉迹空陳此更吴宫窈窕身白帝夫人同骨肉青溪三妹是君臣鳳題卜葬今無改虎字稱名小最親地下有靈應戀土曇花佛火照青燐

余按陳壽三國志吳主孫權步夫人以美色寵冠後宮追贈皇后所生二女長字大虎少字小虎權女不止此惟二人之名字獨著于史志者則以彼誠與政局有連也大虎適全號全主好弄威柄暮年卒以姦穢敗小虎適朱號朱主所生女即爲孫休皇后朱主自其少日不肯過汙剛及壯年遂爲全主與孫峻所枉殺譖者傳之余又按裴氏補注引雜家言小虎初時稾葬石子岡孫晧即位超雪其寃並將改葬之奈不可識別而宮人頗意小虎死時衣著乃使兩巫各駐一處以伺其靈兩巫同白見一女魂年可三十餘上着青錦束頭紫白袷裳丹綈絲履從石子岡上半岡而以手抑膝長嘆小住須臾進一冢上便止徘徊良久冢然不見於是開冢衣服如之据此足知小虎遺骸是經改葬址有移易故至今疑以傳疑矣

或傳嘉道間秦淮女郎張雲裳遺句有云妙藥難醫無病病黃金能買不狂狂余卓然稱異嘉其慧心爰爲追和三絕句

傳來妙句見眞眞爭遣芝田感洛神我不卿卿誰我我大家同屬病狂人

妙藥爭誇抵萬金金錢散盡藥難尋个儂妙解非關藥異世應憐識我心

余生也晚百年強空際猶聞定後香病我未能狂可學教人那不不狂狂

偶憶史漢有酈寄失萬戶侯衛青尙平陽主二事景武兩朝風氣之異如此戲成一詩

酈侯失國爲臧兒后媼難干況帝姬若使將軍逢武帝寄豭容和衛風詩

曩嘗漫遊檳嶼眷及阿美金福美玉三枚書而玉尤明慧靜婉秀出班行別後五載屢承寄意余爰賦此解相聞亦以見鄙懷之非蠢能忘情也

調倚柳梢青

苦憶多情久拚怨別沈殢香盟誰意迢迢爲憐落落猶各卿卿何時吹散雲萍紅豆問春來幾生惆悵繁枝難尋殘夢惱亂啼鶯

辛亥

自題加批李覺出身傳小說卷端

仙河南畔酒家胡猶遣行人說馬蘇不信老公成縛取聽冰疑陣獵雄狐

公侯弟宅草萋萋昔日繁華望欲迷惟有風光長不改紅橋白石愛思溪

慷慨陳郎作健身請囚請死爲佳人千秋柱厲同哀感此是金閨不貳臣

遺書捨宅奉觀音未信村愚誤用心香袖熏餘香口度寸箋曾博百回吟

青溪一曲小姑居誰授先天玉女書絮自沾泥風欲起等閒懺

佛動如如

耐可雙眉鬥盡長虛聞神女會襄王卷然執手親遺囑死去翻成療妬方

不獨俞郎掩淚看棠梨花小怯春寒陳編我怳臨題碣二十芳齡馬利安

奉將朝請就通侯前席宮中倘壯猷斷送一生家難過貴人無柰是多仇

留別檳榔嶼

人天去住渺何鄉偶逐蠻雲覺夢長畢似浮屠容懺悔檳城三宿過空桑（余自丙午冬始遊檳嶼今年辛亥春遊緬甸夏遊吉打迨其返也均久稽于此）

鎮日垂簾太寂生不緣賣卜斅君平避人別有藏身法萬卷書堆百雉城

斷除聞見擬於陵別寄閒情夜雨燈贏得羣童齊指目乍尋花去又尋僧

看遍東南海外山仙山秖在有無間捲簾隱几渾閒事誰識當窗擅綠鬘講何錄事

馬龍車水屑珠塵雹掣雷轟過雨新自笑先生稱落拓江湖載酒十年身

睥睨當年舊酒徒狂言偶發足胡盧能將百萬齊儋石始信盤龍異牧猪余閩時一蕩博場勝固欣然敗亦可喜

比閭闐溢握牢盆腐史知言倚市門獨有詩成無可賣化灰和墨酒全吞

入耳鄉音洽比鄰緜蠻到處盡黃人援琴莫負鍾儀意不礙南冠客裡身

無端古意上心旌三保樓船耀海行喚起僑民諸子弟舊時明月照檳城

枵腹高瞻八極來離離群島等浮埃明當入海招龍伯手撥烟雲爲我開

壬子

漫述贈内

調倚采桑子

青衫十載從頭數花也風懷月也風懷未信吾生便有涯　金經一卷收心坐茶也清齋菓也清齋會得卿言亦復佳

修改十一義俠傳三十二章成自題卷末

美人名馬酒盈尊談笑誅仇更報恩少弗能豪邉問老死原可忍向誰言英雄自古多無賴兒女從來易斷魂我媿廿年稱俠子獨遺心事卷中論

癸丑

中年

少日飛騫壯嗜奇中年哀樂付琴絲生何如死憑翻轉富不能貧是大愚競忽罪言傷杜牧最憐修道學微之千金屢散邉千古便到千齡也可知

歷歷

歷歷飛在花眼中一貧隨例未終窮濁淸有問疑漁父得失何心等塞翁廣厦萬間裘萬丈渭川千畝酒千箱回頭廿載須臾事好夢無多也算雄

甲寅

寄懷羅君文仲昌及康夫人同璧

雙脩眷屬重人天同熟靈文甲乙篇謫降猶居蓬島列壯游已過閬風巔交光干莫驚騰躍寫韻鸞簫愛靜娟聊振疎慵揩勸眼劉綱夫婦是神仙

書王湘綺老人所爲香妃傳後

內傳誰傳穆天子本紀難徵漢武皇乾隆朝士工筆札開元天寶無篇章三軍伏屍爲一女萬馬蹀血殘邊疆至今猶說香妃香所傳聞世宜有述造金樓子湘東王

乙卯

秋窻

帆影潮聲上下分秋窻容我對文君一雙燕翦橫波水五兩風拖素練裙花下閉門緣病酒賦中尋夢悟爲雲隔江山色如招手長挹芙蓉靜裡芬

要將

要將懷抱盡長空不分西南任好風窮島氣遲花落後夕陽影亂酒頻中垂頭病鶴如童嬾調舌嬌鸚比婢聰躭隱自饒齊物論紫薇郎作紫芝翁

丙辰

報社年假口號示同人

冬氣閉藏如處子笑捫胷腹斆瘖雷劇憐蠢蠢謀周社不及寒蟮衈緯哀

丁巳

爪哇泗水道中

蠻雲猶遺蘸深杯涼月征衫涴客埃莫笑平蕪花事盡此行原不爲花來

星洲水心亭子即事迴文

雄辭酒罷劍寒芒面面亭開夜送涼風露秋光星月皎東西葉亂碧荷香

嘯虹生詩續鈔卷三

閩海邱煒萲菽園甫著

昭君詠有序

古來詠此題者幾于有意盡皆說盡無從下筆菽園閒披紀傳偶觸吟懷事用徵實語主翻空並加自註以暢其說庶免落彈詞家之臼科竊比於歷史家之論贊云

漢皇重色太蹉跎縱遇明妃奈晚何見說賜胡剛歲首渭陵五月罷笙歌漢世後宮至武帝而始盛迨元帝尤加縱焉傳稱自皇后而下有職位者若昭儀倢伃之號尚十四等皆妃嬪妾御也昭君在當日以良家子待詔掖庭是未經進御之女不在職位中者也史載元帝末年竟寧之歲正月匈奴呼韓邪單于稽侯狦修宣帝時故事再來朝上書言願婿漢氏以自親帝敕以良家子五人賜之詔王嬙爲閼氏呼韓邪辭大會帝召五女以示之昭君豐容靚飾光明漢宮顧影裴亰竦動左右帝見大驚意欲留之而難于失信遂與單于是歲五月帝崩七月葬渭陵是其崩時距所心知有絕色一人字昭君者爲日固甚短也

西京外戚競三王文母宮中話更長誰識明妃村別有流傳家世獨微茫宣元成哀四朝外戚邛成侯及商鳳家史稱三王昭君却亦氏王但與后戚了無繫援史註言彼爲南郡秭歸人此杜少陵詠明妃詩中荊門二字之所本水鄉山郭每產名姝不以貧賤而久微亦弟二之苧蘿村矣或問君據古籍琴操所載昭君乃齊國王襄女漢書王莽傳復載昭君兄子名歙新室侯爵以誘脅

匈奴功得封其家世似非盡微茫者蔱園按琴操雖漢人手撰然好存異說如云昭君後不肯妻其子呑藥自殺明與正史紀載不符且曰其子書法亦簡得大謬匈奴獸性僅妻後母非並蔑本生也新室時侯與昭君初年相隔已遠倒果爲因何足取証況新莽用人雜揉僞讖勿辭猥濫者乎惟齊國一辭另有觧釋宣后父族世稱邛成與元后別故王莽爲元后姪竟娶于同姓宜春侯王訢家而自謂不宗焉蓋諸王每各異系有本姬周者祖王子晉有本田齊者祖齊王建凡屬齊裔謂之齊國猶夫唐人言姓必舉郡望非實指其產地如是則與史注南郡秭歸恒說仍無牴觸云

掖庭待詔幾年中見嫉遙憐未入宮越席自饒同隊上當胡憤慨等當熊

近人俞樾著書引琴操言昭君年十七進于宮謂此說可補正史所未及誠以後漢書但言入宮數歲不得見御云云而未詳其初入之年齡也蔱園謂即兩說而互叅之知昭君進號閼氏臨辭大會內而光明漢宮外而竦動左右正當穠姿粹質二十許之麗人也史言入宮考應劭注前漢書言郡國獻女未御見須命于掖庭故曰待詔然則昭君數歲不得見御須命掖庭曾未備位十四等女職之例與未入宮者何殊其不得見御之原因据西京雜記言元帝後宮既多使畫工圖形按圖召見宮人皆賂畫工昭君自恃其貌獨不與乃惡圖之遂不得見吾人對此紀載輙起無窮感喟美人勢力終古不敵黃金一可嘆也專制朝廷大權移于羣小二可歎也後宮冗濫蕭艾雜陳一白受蔽衆緇人材無由自見三可嘆也世有入宮而見嫉者矣昭君未入宮幃先憎圖卷其遭遇爲尤悲間嘗論之昭君之被遣行也既非單于夙欽香名指實要索亦非元帝深信惡畫有心淘汰一力面以無意得之一方面以無意失之其機均出于昭君之自動後漢書明言是昭君因積悲怨自請于掖庭令以求行琴操更言是越席請往者曰越席曰求行有何迫之逼而汲汲若此誠皆數年積怨之橫決耳焉倢伃身當逸熊祈代主死彼自欲報元帝之私恩則然昭君密邇習聞自身獨無可報者適有詔遣掖庭良家之行僨起一投身叅列五女隊中鶴立雞羣庶幾藉以自見寵其意量與先朝李廣請願幕府居前一當單于者同是嫌慨果也瀉辭大會秀出班行感均內外一時無兩昭君之氣亦可少紓矣惜乎其初志期欲爲李廣各今卒無顯論爲李陵龜玉毀于櫝中君子謂元帝不得辭其責

竟齎明詔册閼氏備物辭朝盛可知曷禁民訛騰嫁后孱皇恨史至今疑坊間流行演義及伶人劇本盲翁鼓詞均言昭君爲元帝后艷名遠播以致匈奴單于指名坐索志在必得傾國內侵烽火達于甘泉昭君舍辛和戎議節退兵手抱琵琶擁上征騎迨出塞邊投江而死如是語均失實殆亦附會先朝白登秘計胥頓讀書而爲此不經之談乎究之美人例爲人嘉過後千百年尚有如唐人杜撰周秦行記等書誣彼昭君艷魄描寫冥會者文人且爲筆孽于俗說又何誅乎則亦等諸夢詞謗書觀之可已今按正史帝紀元帝末年正月因單于復修來朝特爲改元竟寧詔示中外蓋甚看重此事者其賜王昭君爲單于閼氏亦同在此月閼氏胡語音讀若胭脂蘇林注如漢皇后也考匈奴多妻舊俗閼氏原不止一人然史中匈奴傳復言漢賜王昭君爲寧胡閼氏蓋特加以徽號自與普通備位者不同他日子以母貴所生男曾居副儲是亦一証尤足異者玩其賜號直與漢家改元共此寧字用意明白不曾自承藉彼婦力以安邊患當時國人對此感想爲何如耶裁園反覆陳編知此中尚有一疑竇必需解釋者是時呼韓邪上言願壻漢氏以自親史體簡要不備述其書文然亦可以意得之蓋漢之婚胡原有先親故事或擬以帝女親行或代以諸王翁主儀同帝女故曰漢氏故曰親也今乃得一異姓良家子便可滿意以去耶須知呼韓邪三次來朝均待以客禮位在諸侯王上是儼然敵國也竟寧之春首入朝而後忽發奇興提起婚媾直是空前創舉迥悲先朝之遣送翁主也自我送之出塞禮制即至隆重至于比例公主而極矣倘復有進于此者則皇后而已矣漢於呼韓邪入塞明詔煌煌待以不臣異時得婦偕歸無緣殺其等差生出鄭重禮制故必尊冊閼氏於漢廷以鑾輅致其傳送情也亦理也所謂竦動左右豐容臣由天授而靚飾亦與有助力焉靚飾即閼氏靚莊之服飾也閼氏義同皇后非常之舉不以垂訓此所以不用宗室骨肉而用異姓良家之深意耶正史因尊國體輒以忌諱過而不存其存錄者詞亦隱約無奈行有轍迹反滋民惑一若眞有皇后和蕃也者孰從史家隱約之詞得其不言之意而爲流俗人一正千古之惑也

官家筐瑟手親調合嬿王褒論洞簫遺製未聞思遠曲琵琶胡

語讓天驕

漢書元帝本紀評贊八十五言其無關政治者着二十八言恰佔全評三之一所謂元帝多材藝善篆書鼓琴瑟吹洞簫自度曲被歌聲分寸節度窮極幼眇是也語如可信君人之度不足才于之量有餘乃其在位十六年委政儒臣萬幾多暇後宮極意凡十四等何獨至于絕色之昭君而遺之此可憾也史言元帝意欲留之而難于失信茲固意此二句必有實際可尋並非載筆史官所能憑空加入如僅存諸意欲未見話言誰從得而傳信況乎蘭臺典策之文也哉至其所謂失信之信字何指呼韓邪既非指名坐索漢元之所敕與者第亦渾言良家子五人云爾昔婁敬嘗勸高帝以嫡長公主妻冒頓呂后不忍遺卒用他人代往郅都不救文帝之賈姬其言謂亡一姬復一姬進天下所少寧賈姬等乎此乃先朝軼事元帝當有聞知苟用別一良家子代昭君以行呼韓邪失一良家得一良家未必力爭不顧如謂先時經以圖貌示彼單于古禮納女未聞有是而況昭君眞容早被畫工惡圖所掩更無令人一瞻之價値哉吾思當日鑄成大錯盡在元帝事前並不理會及至臨辭驚艷明妝儼然玉立于前者已非復待詔之昭君乃新冊閼氏之昭君也到此百辟具瞻無可挽回萬騎嚴裝稍縱即逝不但元帝欲尼昭君之行有所不可即昭君自願請留亦有所不能矣蓋難于失體尤重于失信史云信字乃隱約其文耳昭君行未半載元帝隨亦崩殂余詩右第一章所詠乃事後追論之詞若究其朔容有漏義元帝崩年方四十三歲齒猶未也方當春秋鼎盛之時取諸懷而與人無端而失却尤物環顧六宮黯然無色其悔恨爲何如者嘗考西京雜記元帝駢誅畫工至許多人不少愍貸與平昔優游不斷之神情大異愈暴躁愈彰悔恨愈悔恨愈見苦痛亦足稍償昭君數年悲怨之積毒矣哉固嘗謂好色之性人有同情故相思之苦不以天子庶民而有別目論之士動謂貴爲專制之帝皇曾亦何求而不得安有區區一女足以煩其計念者則試與之翻撿漢書李夫人傳而後知天家相思之苦脫非武帝自以詞賦形容衆又安能遣喻其寢興寤寐之誠至于如是深痛者乎元帝非不能詞賦者所惜對于昭君既無名義相維又非恩意之所及雖甚低徊形格勢禁至不敢形諸歌咏度其從容燕語自爲解嘲若有情若無情所謂書不盡言言不盡意者似之故史官事後追書難于措詞祇得渾言曰意欲云云千古相思此爲最慘又安知其享年不永急景相催夫非外感于得喪者未忘內傷于哀樂者實甚而使之然歟嗚呼酷己其在呼韓邪一方面初但願婿漢氏以自親卒乃觀難再得之佳人以頹齡之老子締曠世之良姻當亦自詫爲始願所不及

遇合之有神也

休擬人間武媚娘漢廷家法勝唐皇豐容靚飾人如在肯詡昭陽有異香

本章所咏下筆時較偏于理想蓋設言當元帝時昭君誠得以絕色被留勿遣未幾元帝崩殂成帝繼立以彼爲湛于酒色之人後事正難預言前漢自開國以來宮廷之內本自多故諸王子化之放無禮衷觀于景武兒曹若者爲內外亂鳥獸行史不絕書又昌邑王賀徵立爲帝即被廢罪狀半屬淫亂雖胡人無知禮義尚不過此陵夷至于成帝縈情床簀間廿自殄其胄祚女色之禍千古稱烈徒爲稗史家描畫趙氏姊娣者添多話靶耳昭君尤物使得盤互宮闈成帝否德豈足以勝妖孽則夫爲蛟爲螭將焉測其所至是亦一飛燕合德也今幸假己遣出未必非復漢宮之福此裁園用賦本章之正旨也或請咏一史篇章當以實事爲依歸則裁園還日固嘗具有他感請得根据事實連類兼注于此考前後兩漢書載元帝竟寧元年昭君以閼氏名義偕呼韓邪單于歸胡成帝建始二年呼韓邪死至是三載生二子矣其前閼氏呼衍氏生子名雕陶莫皐以年長得立是謂復株累若鞮單于循胡中蠻俗欲妻其後母昭君昭君上書漢廷求歸成帝勑令從胡俗遂復爲復株累單于之閼氏生二女焉復株累立十年死昭君之齡僅三十餘耳半老佳人己喪二夫其後卒于何時史傳蓋闕殆以其無重要之事可紀歟論者每謂成帝不凉昭君求歸爲失於處置裁園則謂倘准昭君之歸爲更難於處置當時亦幸而未歸耳得以省却許多葛藤至彼胡中陋習昭君豈初之未有聞而貿然戴閼氏之緯翟以行者哉且呼韓邪竟寧來朝己屆顏齡昭君忍捨鄉邦婞辭宮掖觸風沙蒙霧露經行萬里之絕域長征不䘏豈爲預備作大戍守陵人勞面毀容白頭槁臥稱胡中老節婦來耶其上書求歸不過以身爲漢女須再得漢廷一言以自明其地位之高示與匈奴宮中羣雌有別云爾倘孟浪而許之歸彼以敵國皇太后之道來薄待之誠爲失體厚待之亦爲無因如視爲匈奴廢后則京師豈胡人之長門關中成天下之逋藪更說不去況乎生入國門必求面謝夏姬中年寡媚猶動楚旅之心武氏先帝才人尚陷雉奴于罪身非玉牒齒未古稀不能上援楚主歸老京師之成案以自解因果牽纏人欲尤險正不可不防其漸夫以盛年艷孀如昭君遇彼天性嗜色之成帝于此則有兩方面之看法其縱之者則謂情殊聚

壘之醜廷臣不能執古義而爭其慮之者則謂事類桑中之期邊塞或終招三軍之擢何去何從君請擇于斯二者與其貽悔于他時毋寧速止于此日故終究以不准其歸者為得體也本章所咏亦可兼明此一義見仁見智是在知人論世之君子

作俑幾希遺魯元婿胡故事漢恩存他時便益王新室數到明妃自出孫

胡俗躃是多妻然頗假婦女以實權故婦女之有才者託身貴族遇軍國大事亦在所轉移之耳緬維漢高平城之困三十二萬大軍聲靈不及一胡婦內間作用言冒頓至暴抗也而彼之閼氏能制止之則以閼氏是時所領之兵尤強于冒頓自將者也何以閼氏甘為漢用誠屬咄咄怪事史稱此為陳平六出奇計之一亦惟此一計紀傳都無明斷記載後賢各以意為揣測考知是時天實大霧雙方間諜不絕往來一說謂陳平使諭閼氏言漢有好女為道其容貌天下無有今困急己馳使歸迎欲取進與冒頓媾和冒頓見此女必大愛之則閼氏日以疏遠不如及其未到令漢得脫亦不待女來矣一說謂陳平使畫工虛圖美女遺眩閼氏一說謂陳平實仿傀師遺製被傀儡以文繡樂舞城堞間閼氏從霧隙偶然遠望不知其為非人壺城破後冒頓必納乃願為漢內奸疑誤冒頓右所云云無非諜知胡后有權故遂利用婦人妬婳之心理收此奇效一經道破反覺平平無奇事後秘而不泄姑示人以不測云爾蔽園則謂漢高脫圍後別採婁敬策納女子冒頓是由風謠而生出事實諺所謂弄假成真者矣初婁敬勸高帝以和親之利謂必須遣嫡長公主否則匈奴不貴帝極善其說便欲遣行呂后日夜泣諫以為僅有一魯元公主奈何棄以與胡今考史漢婁敬奉使送女往胡時蓋在陳豨反後魯元之夫趙王張敖方以失察貫高罪去王爵降為列侯時制公主或可離婚再嫁惟已兒女成行齒非少艾為事實上所不許耳此事歸結不用魯元而別遣代者細疏紀載頗可玩味其在漢一方面高帝本紀不見書于何時遣女一也婁敬等傳僅云取家人子為公主妻單于師古注謂即于外庶人家取女而名之為公主而已二也其在胡一方面匈奴傳則言妻單于宗室女翁主為單于閼氏師古注翁主乃諸王女三也三說初若不相關照頗予人以疑竇蔽園謂均事實所在并無容疑試以行迹聯貫之蓋高帝初念既為呂后打斷轉念忽取外間庶人子詐稱公主以往毫無誠意事類滑稽高紀弗書者以此單于亦果如婁敬所料

不貴重其人雖有若無閼時四載再遣和親証以惠帝本紀三年春乃始大書以宗室女為公主嫁匈奴單于之明文可知是補敘前失慎重將事而匈奴至此亦始承認為正式婚嬪也此例一開歷世無易文景以來胡亦兩遭大喪其繼位者為老上及軍臣傳于漢亦以時各遣翁主妻彼竟成故事史載冒頓曾孫烏維單于自對漢武來使楊信宣言故約漢嘗遣翁主結繒絮食物有品以和親而匈奴亦不復擾邊云云審是漢廷遣婚一事明與安邊之策有益故為之不已終西漢之世朝議國論並無以此舉為屈辱者亦可見矣惜前遣諸翁主皆乏超人之材莫建溤燎之績特汝汝焉耳胡人俗雖尚力重氣然是貴族政體故其主虛榮心勝不下於漢人彼所擄略及移住諸降人中儘多漢女然無為貴也所欲妻者必漢之翁主親骨肉劉氏乃足誇耀數百年後有如晉代強胡自明漢甥且冒劉姓豈不以是哉獨元帝末烏維之姪曾孫繼位者呼韓邪單于親自來京面請者乃得王昭君而非劉氏此意可參觀右詩弟四章注語便明三十餘年後漢之璽祚亦恰移歸於王新室王莽習知故事其與匈奴來往均假虛榮以相釣餌猶之漢法也考王昭君為呼韓耶閼氏生男二人其一名行無考殆屬早逝其一名伊屠智牙斯初封右日逐王呼韓邪多男身後嘗得繼位為單于者共至六人之衆中間王新室且欲為之大出兵援立其餘衆子分王胡地以弱之作為十五國單于不果伊屠智牙斯當其異母兄呼都而尸道皋單于在位時已晉右谷蠡王儼然太弟以近事兄終弟及之慣例應得候代呼都因是見忌被殺不聞有後也昭君之女二人乃為復株累單于閼氏時所生均封居次譯言公主長女名云嫁須卜氏次女失名嫁當于氏云最初即被王莽徵入漢宮中侍太皇太后為衛匈奴使命增進兩國邦交故盛獲賞賜而歸其夫勾奴右骨都侯須卜當胡中貴族秉用事大臣也常有親中國之心適值漢新革命乃援立呼韓邪子咸不當倫序者為烏累單于為其為新室所喜也云當夫婦協助烏累毋失善意莽亦為之罷諸將奉屯兵當及子大且渠奢並受新室公侯爵號烏累立五載死弟呼都而尸道皋繼位仍遣奢借云女弟之子醯櫝王當于某奉獻來長安梟以昭君姪歙護返至邊界預先授意要求與云當會晤因即誘脅云當奢夫妻母子及其親屬貴人從者移置京中當至便以其氏為封拜號曰須卜單于使遙領匈奴而黜革呼都也大兵未集當遽病死莽復以已女陸逯公主配奢冀繼當後以竟前策迨莽敗亡云奢亦卒長安兵亂更始二年劉玄乃遣使送將餘人還授呼都焉藏園曰新莽欲輔立王昭君外孫奢為匈奴主使其策畧果成以漢宣帝助呼韓

耶之舊恩相例或可再續現六十餘年保塞之勛乎匈奴者貴族政體者也須卜氏貴族自有部兵世襲異姓極位骨都侯綿延至後漢靈帝時曾一度爲國人擁立即史稱爲須卜骨都侯單于者以呼韓邪統系且當倫序之人如於扶羅桀驁有衆乃不敢與彼爭利避止河東涂侯其自驁焉安在新莽之朝獨不可以變置其位廢立由我哉卽或全功未訖猶可離貳彼之君臣中分胡衆而支配之吾知所謂南北匈奴者不必俟至光武朝二十四年春而始出現也君子不以成敗論人王莽能利用王昭君一支之線索以干涉匈奴內政固不失爲對外之上策爾

龍駕鳴鐘耀外臣高談甘露竟寧春單于廿載多恭順博得王家一美人

宣元兩代呼韓耶凡身自入覲于漢者三首爲甘露三載再見黃龍紀年終于竟寧改元均以春正時至遂成故事未至之前漢議儀注宣帝特下明詔以客禮待之既至就邸宣帝乃龍駕鳴鐘出遊長安五十里登池陽上原阪復經渭橋一任單于從臣及屬國蠻夷縱觀數萬人夾道陣歡呼萬歲想見空前盛舉誇燿遠人焉逾月單于辭歸漢乃發萬七千騎兵使韓昌等率將以護送名至塞留屯此兵自單于入境即由所過內地七郡郡調二千騎列迎併合邊兵所成是蓋宣帝雄畧之作用考甘露三載呼韓邪立爲單于已歷五年而國內未定不敢北歸移近南駐邊塞頻年狠狽倚漢爲重來京辭歸僅越一歲卽黃龍紀年又再來京三于兩朝其勤也以此是冬宣帝崩殂元帝繼位得十六年呼韓邪僅于帝之末年所謂竟寧改元者乃遠續朝禮則因其時長養實力得返歸北居冒頓故單于廷久已其北歸也在元帝初立之第二年韓昌等慮其遠離後難約束不得已要與盟誓嗣是久不來朝亦不爲寇藪園曰和親之議發于婁敬據史陳迹所利尤在于漢故匈奴屢屢背約侵邊雖結以婚姻繫其質子彼曾不滿蓋侵邊之利諸胡一昔獲歲鉅萬計而和親賂遺不過千金利之大小既不相侔婚媾質子亦僅限於單于一家耳呼韓邪威行自北約束種人自冒頓以來爲比較的恭順百年紛擾告一結束歷宣元成哀平以訖王莽間六十餘載胡中主權亦六嬗遞不出呼韓邪衆子故能保世相安邊境久寧也此其樞筦盡在呼韓邪一身有是大功縱酬以弟一等美人原不爲過特所爲遺恨者昭君之美當時無虁未應以流俗等夷論耳況夫元帝意計初不如此徒以昭君積怨自試心急倉卒

弗察聽置遣中呼韓耶以無心得之為彼嫣肢山上陡添顏色天寵驕子全胡之寶也漢之所失刻削感情舉國無歎千秋永嘆又非僅邊境鉅萬之比也吁嘻

等是良家遇合分最憐陳聖踐妖文絳袿早進豐容暮不后昭君后政君元帝皇后王氏字政君即王莽之姑母前漢書贊言元后歷漢四世為天下母享國六十餘載羣弟世權更持漢柄五將十侯卒成新室之篡者是也初選類奇當宣帝五鳳中王政君年十八歲始入掖庭待詔歲餘宣帝聞太子因良娣司馬氏死悲恚發病乃令皇后擇後宮良家子可以娛侍太子者五人政君預焉令旁長御問知太子所欲太子殊無意于五人者不得已於皇后強應曰此中一人可是時政君坐近太子又獨衣絳緣袿衣長御即以為是遂政君太子宮甘露三年生長皇孫即後來之成帝也幼得皇祖愛宣帝屢欲易太子卒賴誕育皇孫而太子之位確定剛越一載宣帝告殂太子繼位是為元帝立政君為皇后菽園曰右之事迹奇已尤奇在恰與王昭君遙遙相對頗足引起讀者之興味也菽園又曰王氏世執國命實自成帝一朝政君羣弟姪等憑藉成晼蟺聯極位得其根據已歷二十六年哀帝入嗣大統中心憂忿無奈彼何激而橫決嘗一度詔稱改號陳聖劉太平皇帝采術家言欲為厭勝無聊已甚又欲法堯禪舜讓位董賢更屬慌張可潤痼疾痿痺六年殂落東朝以內旨突召莽入重握大權物望歸之遂不可制莽嘗自承陳後因利用前日陳聖之言以為應讖天下搖惑嗣而漢亡元后備極尊崇由兩朝太皇太后易稱新室文母太后先莽滅亡九載死壽八十四歲哀平短祚元后長齡天之生是老嫗既以結西漢一朝之局還而自覆王氏之宗其末造為尤奇緬維初進原非以色得幸自古之論婦人誤人家國者咸以色為其罪今若以色讞獄然也則政君昭君成案具存吾于兩王氏之己事不得不變例以求合矣知言者以為何如

遠嫁烏孫有樂彈長途馬上慰汎瀾齊奴比例原饒舌權當明妃外傳看晉石崇謂漢以公主嫁烏孫令琵琶馬上作樂以慰其道路之思其送昭君亦必爾也今據右語觀之明言是漢武帝時遺送楚主之事弟推想及于後來元帝甑之昭君並非坐實掌故抑亦指伴送者而言耳乃後人附會流作丹青良以佳想韻思不欲爭為必無致煞風景也菽園曰與胡通婚自古已然此為漢

族欲使外人同化于我之一種手段不如坊間演義小說家言視爲屈辱者也証以秦惠王時兼幷巴蜀以巴氏爲僞士世義蠻長許其世尚秦女比例甚明考之史傳漢家以女女匈奴及烏孫其機皆出於自動匈奴初遣遵婁敬策隱寓陰謀烏孫遠行斷匈奴胥良貴軍畧漢不自惜後人乃爲之惜耶抑前昭君而遣者百餘年間貴主發人並昭君而遣者同時奉詔良家有四至竟事過輒忘不掛人齒昭君試以色著故能傾動一世之感情引起異時之憐念石氏齊奴涉思及此遽欲掠奪婘婘公主之樂隊以給侍寧胡閼氏於驛驛騎馬之間後人並無非議之者亦以彼之臆說爲湊趣得好耳

漢法官儀太認眞女瑩玉體褻横陳劇憐絕代昭君貌幸未淫思玷秘辛

兩漢書屢言凡爲后者均中相法蓋其時宮廷必先令相工來女家相女而後入選也明楊愼嘗從南方土司家得古本雜事秘辛僞書致貢刊布之書中恰有紀載漢廷令女官往相女瑩之事即後來之梁皇后也其文備疏女體頂踵肩背以及幽隱韶容媚態刻畫唯恐不盡殊非大雅所宜或疑愼夙浮豔彼實僞爲此記以自寫其淫思耳藪園則謂漢伶元據妾樊嬺口述以著飛燕外傳實寫趙家姊妹見好成帝纖微必至語尤佻蕩古衣文人好弄筆頭原有此一種著作初弗計及爲造文字孽唐突西施奚昭君倖蒙衆赦未被輕薄描摹而且彈詞劇本增飾行述舉加以節烈貞義之名里巷流傳其書更佔勝于秘辛萬倍美人固易惹人憐亦易招人妬如昭君之萃獲佳評于身後殆由妬之者同時有盡憐之者奕載無窮歟凡懷才淪落生世不諧之奇士其亦借鑒於是而少慰乎

雜記徒聞譴畫工須憐描畫本難窮風流獨寫函光俠史筆傳神竦漢宮

兩漢書中均不言元帝誅畫工事惟西京雜記有之此記或傳是新莽時劉歆所撰對於先漢都無忌諱故頗采異聞所誅自毛延壽以外尚有陳敞劉白龔寬陽望樊育等衆藪園按今毛延壽一名特著殆以唐宋人詩歌屢提及之耳詩自有體不能兼敘多人却便宜了毛氏附傳平心論之絕艶傾國要從何處下筆試例諸詩碩人可畫凝脂可畫倩盼有不可畫也詞章家每稱漢武佳俠函光之言爲能狀出活美人態度余謂武帝嘗圖李夫人於甘泉宮矣當時畫院諸師之技倆

果能傳將此四言與否亦屬疑問史言昭君之美見於後漢書南匈奴傳嘗以豐容靚飾光明漢宮顧影裴回竦動左右一十六言括之蓋特筆也是非范曄懸想之詞乃本於蔡邕華嶠諸家之舊記蔡等亦必前有所授故狀述自然直洞目接彼其豐容卽頎人凝脂之代詞而顧景徘徊又倩盼之注脚也光明竦動內外咸俛傳神至此雖詩言胡帝胡天如山如河者亦無以過盡所難傳者文能傳之豈不諒哉

兒撫諸羌過一生佛香足印禮文成昭君三十無消息腸斷琵琶闕尾聲自漢家以大隊人馬伴留嫁女於外國寢變夷風使就華範歷代因之尤收奇効者則唐以文成公主嫁吐蕃卽今西藏蓋古之羌族也文成享國日久諸蕃敬服目爲觀世音轉世蕃人信佛以觀世音爲至大之神一若歐美人崇耶穌爲上帝矣世傳西藏供案佛燈實仿文成履式所造余嘗得其圖譜一察視之織頭圓附宛然一女鞵也李氏老嫗何修而得此裁園曰昭君爲文成前輩乃其胡中軼事紀載殊疏計自復株累單於死時昭君年華度不過三十二三歲之間史中竟無下文豈伊時實己前卒耶否則何以長此寂寂吾人讀史至此輒興有餘不盡之思而又未嘗不歎爲缺典也已

塚草猶瞻翠黛凝淸晨隴首孰同登史中恨事天邊迹一个明妃一李陵漢時疆域較今爲狹王昭君墓在塞外今屬綏遠特別區歸化城南三十里歸化卽歸州其稱青冢者據歸州圖經言邊地多白草昭君冢獨青云裁園謂昔人哀憐昭君爲此說以留紀念必如袁子才隨園隨筆之質言今人有經是地者亦不甚驗也此語誠認眞但未免太煞風景又宋牧仲筠廊偶筆則言墓無草木遠望冥濛作黛色故云青塚以物理曲用調停亦近沾滯耳要之美人如英雄均爲不世出之瓌寶當其時一以世態處之必造成千秋之永恨裁園每讀漢書至於李陵王嬙之已事未嘗不廢書而三嘆也陵以擴拓君心請率五千步卒孤軍深入橫挑强胡十萬衆武帝不責其面謾而重覬其殺身是棄之也嬙以積年悲怨願與五人者伍越席自陳詭試絕域大單于元帝不察其邇言而遠聽其遠徙亦棄之也奇材異質本爲國光誰實使之淪胥以亡徒令塞外平添李陵一臺昭君一家留供弔古者之

永望不其傷歟嬙前漢書作檣又作牆古人名喜書同音別字者此不足異原字昭君傳至晉初以避司馬昭諱因改稱明君淩復易稱明妃以彼書為胡地閼氏則妃之也亦宜沿用至今詞章家習呼已久偶施句中但適音節之安不與司馬家兒講交道也

附錄

邱菽園詩選

附詩友酬唱錄

洪峻峰　選編

一八九〇—一八九二年

玉笛詩

喚取青蓮笛一枝，前身尺八至今疑。梅花五月江城引，楊柳三春洛下辭。減字偷聲聽斷續，呼龍召鶴按參差。風前誰為殷勤弄，長倚樓頭快詠詩。

懷曾幼滄編修師都中

一瓣心香當束脩，門牆得附勝封侯。才高閬苑三千客，夢繞神京八月秋。惆悵臨風懷杖履，欣聞勸學達書郵。不知似我詩才弱，可許狂歌獨倚樓。

【注】曾幼滄，即曾宗彥（一八五〇—一九一二），字君玉，號幼滄，福建閩縣人。清光緒進士，授翰林院庶吉士、編修。在京參加維新運動，變法失敗後回福州執掌正誼書院、鳳池書院。著有《尊酒草堂詩》。邱菽園曾拜其為師，向其詢經問字。

【附】和詩（二首）

曾宗彥

迢迢重海路何修，好句驚傳沈隱侯。別意深於千尺水，遙情清澈九天秋。時艱涕淚思求艾，月旦風流妙置郵（時君方總天南報務）。心事萬端待君說，側身南望獨登樓。

慚愧巖耕別鄭修，年年貸粟監河侯。竟忘拙宦身將老，漸覺耽吟氣已秋。水徑葦風窣廠寺，沙堤草色漕官郵。閑中清趣無人會，笑脫朝衫上酒樓。

（録自邱菽園：《五百石洞天揮麈》卷七）

秋聲，寄和廉亭師韻

滿紙作秋聲，如聞萬籟鳴。為傳心上事，不盡句中情。可奈花空落，多憎歲屢更。高人當此夕，遥聽雁長征。

【注】廉亭，即曾士玉，字廉亭，號可軒，福建同安人。清同治十二年（一八七三）舉人，曾掌教馬巷舫山書院，著有《小可軒文稿》《古文叢話》《古文類選》，未刻。邱菽園於一八九〇年向其拜師受業。

寄別小可軒（二首選一）

非關遠別亦愁予，直為浮名隔里閭。無復園花供伴讀，竟違驛使此傳書。扁舟自可隨鷗鳥，高閣應拚付蠹魚。涼月滿天風滿樹，遙知兩地意相如。

贈曾慕襄秀才（宗蔡）即以留別（四首選一）

盈盈帶水兩家分，嵇呂交情隔樹雲。乘興可能時往返，銜杯不但致殷勤。相期述作真良計，偶學漁樵未絕群。書此聊當他日券，夷猶輟棹最憐君。

【注】曾慕襄（一八六二—一八九二），名宗蔡，又號三十六梅花館主，福建龍海城南人。邱菽園因其兄曾渭兆而獲識，二人一見如故，多有酬唱。邱菽園《菽園贅談》卷一有『曾慕襄』條。

訪友不值

三徑黃英半畝蕖，欣於道左此停車。閑雲影外飛鴻跡，落葉聲中隱者居。簾捲空庭花吐後，琴橫淨几月來初。何當買屋比鄰去，風景平分不讓渠。

郡樓遠眺

年華容易苦相催，未到重陽菊怒開。飛燕依然如客去，征鴻底事帶書來。蒼茫獨立身千尺，慷慨悲歌酒一盃。此際憑闌長縱目，青山白草幾塵埃。

重九登芝山

去家百里少，矧此是宗邦。客心良不寂，容易過秋涼。忽忽重九屆，聊復攜一觴。開門見山好，獨登芝山陽。危亭聳仰止（有亭名仰止），層城抱清漳。人煙萬竈密，嘉穀正當場。感此秋來稔，陶然引興長。郡外巖尤美，環繞水湯湯。孤鳥寒煙入，沙鷗自迴翔。人生貴適意，樊籠亦可傷。嗟予浮名困，馳驅日不遑。目極歸帆去，始覺在家強。文峰（文圃山名）不可見，渺哉復吾鄉。仰面白雲飛，低頭徒旁皇。

同安訪梵天寺（有序）

寺為明代同安縣民社長者所增建，歷世數百年，今將傾圮。高大佛像皆露坐荒殿中，以笠遮頭，泥土剝落，工程浩大，遷延歲月，無人敢任修復。寺後斜上山巔，有石窟，清泉長年不溢不涸，亦無塵滓。遊人到此掬飲，味殊甘洌。

訪勝檀材步梵天，尋蹤石窟掬山泉。雲頭直射殘僧笠，雨脚斜飄廢寺磚。轉綠迴黃人事改，新蒲細柳歲華遷。從知物力今輸昔，冷到禪龕不偶然。

冬日村居即事

榕荔連村綠覆牆，溪山寒日晚煙黃。異邦音信來番舶，比戶雞豚校佃莊。矮几偎爐添熾炭，閒庭籠袖耐嚴霜。潛淵我亦知魚樂，永夜星河浸滿塘。

重經鼓浪嶼故寓感題

一抹微雲下，年時再繫舟。白沙孤嶼步，紅葉夕陽樓。歸燕窺簾角，棲鴉噪渡頭。虛堂成久坐，無語自勾留。

重經江東橋

江東橋上小徘徊，四面雲山畫幛開。雀舫昔搖宵夢去，馬蹄又帶曉煙來。居民歲歲收冬筍，過客村村見早梅。輕拂玉鞭鞍背穩，石平如鏡絕塵埃。

憶龍溪舊遊

樹樹飛晴絮，柔條盡向西。偶乘青雀舫，同泛綠楊溪。山水盟猶在，仙凡路已迷。鮑姑裙化蝶，長悼葛洪妻。

壬辰冬興（十六首選二）

春風何處覓靈龜，造化偏教弄小兒。泛海張騫多足跡，傷春沈約瘦腰肢。菀枯頃刻心長喻，親友凋零淚暗垂。拚與神傷荀奉倩，飄鸞泊鳳總難支。（余生而旅食嶺南中表家，長侍堂上南遊者有年。光緒戊子返閩哭家兄之喪，今秋又復喪偶。）

天真還念昔兒嬉，愛此南陔春日曦。怕說出遊增遠道，長看美蔭託期頤。停雲在望良朋切，聽雨同心弱弟怡（余與同懷弟雲巢讀書處曰聽雨樓）。何必乘風歸去也，紅塵插腳儘多時。

一八九三——一九〇二年

晏海樓題壁

在海澄城北。

百戰河山地，巍然見此樓。限迴胡馬足，望極海門秋。日月依雙島，金湯重下游。平時烽火寂，倚檻看潮流。

筼簹港（有序）

俗傳清初順治帝躬在軍中，潛師欲渡，被明將鄭成功遙轟巨炮，沉沒於此。語頗奇詭，料因北兵南下，水戰之潰，而附會其事耳。余每從廈門張帆過是，舵工輒指點清流，引徵稗史。舟人環聽，咸動壯容。嗟夫！鄭氏英靈，雖閱二百六十餘載，而猶深入人心也。

如此上承季漢，足媲赤壁之勳；遠跡吳江，何減胥潮之怒。敢嗤野語，聊紀新詩。

延平兩島建旌旗，天塹橫飛此濟師。渡馬浮牛龍莫起，黃州赤壁浪頻吹。孤淒精衛填東海，縹緲湘娥泣有媯。野戰玄黃江化碧，英雄事業至今悲。

艦上作（有序）

癸巳秋試，附琛航兵艦，發廈門至馬尾江。雨中登舵樓眺望，知是甲申年見敗於法蘭西海軍處。

萬石衝波壓浪高，橫風吹雨濕征旄。千枝珊樹天家重，百尺舵樓海氣豪。閃電飛舟驅鱷蜃，長虹利劍斬蛟鼉。馬江折戟何時起，願棄青袍易戰袍。

木棉菴（有序）

古跡在漳郡城外，明俞大猷立碣，表云：『宋鄭虎臣誅賈似道於此。』

木棉一樹沉雲黑，豺狼據津群目側。惶恐灘經無奈何，平章有援不愁剗。快哉小尉鄭虎臣，請為天下誅此賊。既報私讎亦報公，吾戴吾頭殊值得。秋壑風流南渡高，竟有尊拳及雞肋。當時哀哀望救情，四顧無人氣摧抑。遙知草際悲候蟲，何似半閑鳴促織。漳州城外此孤菴，奸雄坐困匹夫力。誰歟立碣俞總兵，鋤凶大書字深刻。我來弔古捫蒼苔，寒花尚帶激昂色。微聞宋末士氣卑，相公餐錢加祿食。上書便奉周召名，掄才都慚杞枏植。澆風遞降更離披，於今不遺三代直。斜陽黯黯下四山，獨撫危柯長太息。安求少年壯士盡忘家，莫再季世太師終誤國。

萬松嶺關有蘭若廢址，為三十年前同治甲子林文察總兵敗歿處。余甲午冬月經過其地，感嘆成詠

男兒原是死疆場，父老憑誰衛故鄉。故鬼共隨磷火碧，大旗空捲陣雲黃。萬松摧盡悲遺竈，千佛災餘撫壞牆。孰使當關仍失險，庸才詎秪蜀山傷。

【注】林文察（一八二八—一八六四），字密卿，臺灣彰化人，清代臺籍將領，曾在閩、浙、贛等地領軍對抗太平軍多年。一八六四年太平軍攻佔漳州後，他出兵漳州，戰死於此。

乙未春暮京邸得家人書

仿佛家園笑語歡，六千里外得來難。别時囑語丁寧復，近事關心仔細看。滄海無波河易俟，靈椿不老竹平安。憐儂讀罷增惆悵，歸夢依依繞畫欄。

題康氏對策副本（有序）

乙未余以下第南歸，小駐申浦，見坊肆中人争翻南海康氏《殿試策》，以應四方求取。今科會榜，康名第五，臚唱次等，未入翰林。而外論推重逾於狀頭，由其素立名高，且策語殊壯也。購覽一帙，漫題卷首，聊志聞聲相慕之雅。詩句分用數目，則本諸鮑明遠有此體製云。

九重策擯劉司戶（殿試非上第十名前文不得進呈），三易文傳沈隱侯。六國連棲等雞口，一身得失壓龍頭。七襄罷織天孫巧，八表空營下士憂。四海爭憐人第五，二分明月十年遊。（唐杜牧舉進士第五）

【注】『康氏』，指康有為。康有為（一八五八—一九二七），原名祖詒，字廣厦，號長素，又號明夷、更生、更甡等，廣東南海人，中國近代著名政治家、思想家，晚清改良派代表人物。戊戌政變後流亡日本、南洋和美、歐等地。邱菽園是康有為的拜門弟子，康氏後來在為《嘯虹生詩鈔》所作序言《邱菽園詩集敘》中，稱其『吾門人海澄邱煒萲菽園』。

馬上望南太武山（「武」宜作「姥」，地多蘊礦）

平蕪落日馬淩兢，南武山頭釜氣蒸。千里風煙開列障，萬重嵐翠倚高層。星辰自燦仙人頂，金鐵誰扃富媪縢。指點丹梯雲上下，會吟康樂句同登。

星洲

連山斷處見星洲，落日帆檣萬舶收。赤道南環分北極，怒濤西下捲東流。江天鎖鑰通溟渤，蜃蛤妖腥幻市樓。策馬鐵橋風獵獵，雲中鷹隼正憑秋。

閩粵分水關

居詔安、饒平兩縣界，余以丁酉春遊歷經此。

擁立方當兢二王，賺門忽已進豺狼。終幸紹武偏安局，遺恨閩山大道旁。分水自連斜堠冷，巍亭重拂古碑蒼。秖今側帽關前客，一路鵑聲出粵疆。

友人索題《仗劍東歸圖》

鯫生也有延平劍，棄置行囊不肯磨。知己何妨親解贈，報恩唯恐日蹉跎。誰憐鏡裹頭顱好，空歷天涯足跡多。聞説斯人情更遠，依然弢篋返關河。

島上望遠有感

如此江山勝，高樓動客心。何時盡懷抱，落日一沉吟。天地南溟闊，烽煙北陸深。招攜兼服叛，神武在當臨。

寄酬丘仙根四首

鯤島歸來客，悲秋賸苦吟。高談九州小，結想暮雲陰。海水忽然立，天風如可尋。南溟有鴻雁，長使淚沾襟。（君自乙未義師失敗，由臺内渡，忽已三年）

且擱當年事，而今事更嘷。江湖名士賤，天地酒人豪。誰是稱知己，逢君欲贈刀。朔風關外勁，慷慨賦同袍。

尚以詩名市，頭顱鏡裏驚。不堪荒服外，猶自滯歸程。采訪存民俗，知交惜死生。哀然三尺錄，覆瓿若為情。（余今歲創辦《天南新報》於星洲，自任社長）

同一蒼黃路，君南我更南。名隨詩卷舊，頭沒酒杯酣。此意無人識，浮生用自慚。神交原有道，珍重尺書談。

【注】丘仙根，即丘逢甲（一八六四—一九一二），字仙根，又字吉甫，號蟄仙、蟄菴、仲閼，別署海東遺民、南武山人、倉海君，臺灣苗栗縣人。近代著名詩人。乙未『割臺』後組織義軍抗日，失敗後內渡回廣東。邱菽園列其為『詩中八友』之一。著有《嶺雲海日樓詩鈔》。

驟風（時在八月，得聞北京政變而作）

疊疊商聲撼旅窗，連檣獵獵拂旗幢。風過黃葉紛辭樹，雲擁青山欲渡江。斜日光沉龍起陸，平沙影亂雁難雙。飛揚猛士今誰屬，天地無情自擊撞。

答丘仙根早春見懷韻二首

懶從莊子賦逍遥，病翅禁寒帶葉飄。轍跡茫茫疇息壤，人才落落自當朝。腰間古劍黄金銹，座上青琴濁酒澆。收拾平生付蕭瑟，雄心長落大江潮。

海角傷春一寓公，何嘗佳興不人同。非醒非夢蕉藏鹿，無我無生倮盡蟲。閉戶詩成連日雨，攜尊客醉滿樓風。秖餘塊壘誰能解，且向花前一笑中。

【附】春日寄懷菽園新嘉坡（二首）

丘逢甲

極目天南赤道遥，選樓高築島雲飄。海山蒼莽連諸國，古碣荒凉話六朝。（《南洋蠡測》云：『新嘉坡華人墓碑有梁朝年號者。』）蠻語未諳花代解，邊愁無際酒難澆。都將萬里相思意，付與重溟早晚潮。

珠海星洲兩寓公，眼看時局感應同。飢驅彩鳳成凡鳥，聾迫神龍化蟄蟲。鬼國夜開跳月宴，陰天春足妒花風。手援斗柄愁相語，東指齊州劫火中。

（錄自丘逢甲：《嶺雲海日樓詩鈔》之『選外集』，上海古籍出版社二〇〇九年版，第三六五頁）

《東山尋秋圖》為丘仙根題

披圖元氣見淋灕，嵐翠晴空蘸酒巵。唐宋兩朝成往跡，東南半壁有荒祠。蕭蕭喬木瞻孤影，颯颯秋風動古悲。出日岧嶢吟望遠，蒼冥倘復降雲旗。

庚子開歲之三日，喜晤康更生，先生出示己亥除夕舟中作，次韻奉和

出亡久笠明夷晦，玩易翻疑未濟終。辭託行吟天欲問，歌傳避地雨其濛。觚棱夢斷江河楫，島國春歸草木風。萬里未須憐跋踄，中流自在放艨艟。

【附】

己亥十二月廿七日，偕梁鐵君、湯覺頓、同富侄赴星坡，海舟除夕，聽西女鼓琴。時有偽嗣之變，震蕩余懷，君國身世，憂心慘

慘，百感咸集

康有為

天荒地老哀龍戰，去國離家又歲終。起視北辰星暗暗，徙圖南溟夜濛濛。亂雲遙接中原氣，黑浪驚回大海風。腸斷胡琴歌變徵，怒濤竟夕打艨艟。

（錄自康有為：《康南海先生詩集》卷五《大庇閣詩集》第二頁，商務印書館一九四一年版）

臨別留慰故人

揖我相看別，情翻揮手長。遙知天地大，不盡海山蒼。此日雙輪逝，平生孤劍將。同心有明月，春水滿清湘。

答章枚叔（炳麟）滬上寓書

蒼茫大地欲何之，水火風雲各任期。軼蕩談兵同說劍，陰霾伏闕有陳尸。空中聞樂天胡醉，物外觀生佛自悲。最是腥豪黃歇浦，清流紅鯉踏波時。

【注】章枚叔（炳麟），即章太炎（一八六九—一九三六），原名學乘，字枚叔，後易名炳麟，號太炎，浙江余杭

人。近代著名學者、民主革命家。曾參與發起光復會，主編同盟會機關報《民報》，與改良派展開論戰。民初曾任孫中山總統府樞密顧問。有《章太炎全集》。

星洲贈别容純甫老博士（閎）之美（二首）

天外催新雨，風前快别舟。雲萍轉聚散，煙水長離憂。東下長江浪，西征大陸洲。春深南浦意，目極獨登樓。

重溟三萬里，新運五千年。日月相虧蔽，江雲互倒懸。皤皤霜雪鬢，落落節旄天。關吏知誰在，聞名當昔賢。（二十年前君曾任駐美副公使及留學生監督）

【注】容閎（一八二八—一九一二），原名光照，譜名達萌，號純甫，廣東香山人。近代著名教育家。清末任留學副監督兼駐美副使。著有《西學東漸記》。

送别丘仙根

千燈璀璨裏，酌酒送君行。相見知何地，長歌弄月明。風塵今俶擾，瀛海舊縱橫。不洒臨歧涕，江山慣別情。

詩中八友歌（並序）

案頭雜陳時賢詩稿，皆素識也。舊雨不來，秋風如訴，因成長歌，寫我懷人。

南海先生倡維新，新詩偏與古豔親。筆端行氣兼行神，中心哀樂殊勝人。（康更生有為）林公度恢奇足平生，員輿九萬常縱橫。門戶不屑前人爭，獨簡萬緣息心兵。（黃公度遵憲）林四丰神自一家，絕句高唱天半霞。詩成寄我南海涯，風絃水調銅琵琶。（林鷺雲鶴年）兵間轉徙唐灌陽，斐亭往跡沉螺桑。荻花滿船明月光，白頭吟望涕浪浪。（唐薇卿景崧）蘭史香江稱寓公，盡醉江頭杯不空。直從元始愁鴻濛，劍氣都化美人虹。（潘蘭史飛聲）吾家仙根工悲歌，鐵騎突出揮金戈。短衣日暮南山阿，鬱勃誰當醉尉呵。（丘仙根逢甲）王郎王郎爾莫哀，手拔鯨角滄溟開。津頭劍躍洪濤堆，詩中日辟新蒿萊。（王曉滄恩翔）神州俠士任公任，日對天地悲飛沉。傾四海水作潮音，舉世滔滔誰知心。（梁任公啟超）

【注】康更生，即康有為，號更生。黃公度，即黃遵憲（一八四八—一九〇五），字公度，號人境廬主人，廣東嘉應人。近代著名詩人。一八九一年至一八九四年任駐新加坡總領事。著有《人境廬詩草》等。林鷺雲，即林鶴年（一八四六—一九〇一），字鷺雲，又字謙章，號鐵林，晚號怡園老人，福建安溪人。一八九

二年渡臺承辦臺灣茶稅和船捐等，乙未後內渡，寓厦門鼓浪嶼，辟怡園，創設『怡園聚詠』。著有詩集《福雅堂詩鈔》十六卷，一九〇三年刊印。唐薇卿，即唐景崧（一八四一—一九〇三），字維卿（一作薇卿），廣西灌陽人。清同治進士，曾任臺灣布政使，署理臺灣巡撫。乙未『割臺』時在臺灣率兵抗日，失敗後回桂林閒居。有《澄懷園唱和集》《寄困吟館詩存》等。潘蘭史，即潘飛聲（一八五八—一九三四），字蘭史，號劍士、老蘭，又號獨立山人，別署說劍詞人，廣東番禺人，祖籍福建同安。近代詩書名家，任《華字日報》《實報》主筆，與閩粵詩人交遊。有《說劍堂詩集》《說劍堂詞集》《在山泉詩話》等。潘氏詩名曾與邱菽園並稱。其《在山泉詩話》卷一『邱菽園』條稱：『年未三十，刊集已傳播海外，世人以邱、潘並稱。』丘仙根，即丘逢甲。王曉滄（一八五〇—一九〇五），名恩翔，字曉滄，以字行，廣東嘉應人。善詩文，嘗集其寓潮州時與丘逢甲唱和之作為《金城唱和集》，邱菽園為之校訂並出資刊行。著有《鷓鴣村人詩稿》。梁任公，即梁啟超（一八七三—一九二九），字卓如，一字任甫，號任公、飲冰室主人等，廣東新會人。中國近代著名政治家、思想家和學者。康有為萬木草堂弟子，參與發動和領導維新變法運動。著述宏富，有《飲冰室合集》。

【附】邱菽園孝廉《天外歸舟圖》（八首）

林鶴年

時局維桑莫障川，東風吹上孝廉船。鯤身鹿耳屠龍會，海上慈雲更惘然。

春樹歸帆日暮雲，韓潮蘇海要平分。何當樽酒論文夜（去年聚首嶺海），愁絕長城撼岳軍。

隔江鼙鼓動漁陽，叢菊孤舟鬢有霜。休更開元談供奉，背人偷自按霓裳。（朝考新改去詩律）

三都海寨控東瀛，子弟雄邊尚訓兵。（鄭延平守金厦二島，於海澄多築城寨，至今尚存）枌社節樓新畫本（菽園家三都嘗訓鄉團，繪斯圖時，繪籌海樓以寄雄概），祇今低首鄭延平。

抗手金鼇頂上游，相逢海客話瀛洲。清時賈董西京詔，東觀儒科數禮優。（近開經濟特科試場，改試策論）

採風清問遍樵漁，香稻柴門共結廬。海國徵詩述耆舊，百年文獻望成書。（菽園新輯詩錄）

重譯弭兵華盛頓，五洲雄霸佛郎機。扁舟補志瀛寰略，江上歸來勝錦衣。

楊柳屯田水部梅，無聊空自鬥詩才。家山舊夢波濤惡，重賦江南劇可哀。

（錄自林鶴年：《福雅堂詩鈔》卷十三《燕築集》，廈門大學出版社二〇一六年版，第三七二頁）

論詩，寄李芷汀、邱菽園（二首）

潘飛聲

正宗奇氣久寥寥，江上珠光燭九霄。仲闕長戈揮魯日，伯瑤健筆攬韓潮。京華冠蓋偏無侶，故國紫桑倘見招。我自空山吟落木，白雲天際望迢遙。

盧後王前位置難，南邱北李竟詩壇。三家雄直淩江左，七子風流例建安。正則騷愁天可問，杜陵胡騎夢都寒。江河萬古何能廢，各掣鯨魚洗劍看。

（錄自《墨緣叢錄》一九一二年第五期）

寄題邱菽園孝廉《星洲選詩圖》（二首）

王曉滄

妙選人間筆萬枝，為桴浮海去遲遲。勞君載得青琴往，煙水溟濛獨寄思。

神山樓閣望迢迢，上有真人按九韶。儻愛散仙王子晉，天風吹送一枝簫。

（錄自王曉滄著，余達勤校輯：《鷓鴣村人詩稿（二集）》，二〇〇五年重刊，第十二頁）

挽唐烈士一首

世界本無生，仁者本無死。了了生死中，吾愛唐烈士。求死以存仁，救生惟達旨。不舍有如斯，長流漢江水！

【附】

菽園寄示哭唐烈士才常詩稿，指血作點，慘澹模糊，如目睹漢難志士，哀哉至矣

康有為

髑髏化碧滿江潭，有司死者三十三。楚厲招魂誦新作，血痕盈紙淚盈衫。

（錄自上海市文物保管委員會文獻研究部編：《萬木草堂詩集——康有為遺稿》，上海人民出版社一九九六年版，第一二五頁）

哭唐佛塵烈士才常六首

忽洒南天涕，悲深楚國芳。血原膏草土，志未遂疆場。天墜憂方大，江流恨與長。可憐徵具獄，坐罪為勤王。

海外招魂戚，天邊捧日癡。垣牆驚域射，窟室痛鴻離。君子行看盡，儒生計每遲。長懷浮海客，猶自盼旌旗。（指康先生）

苦志誰能諒，平生我有聞。艱難酬死友，意氣激明君。日月懷沙賦，風霆討曌文。臧洪真義士，久已服三軍。

正有新亭慟，何堪更楚囚。輿尸空弟子，設位阻江頭。旁郡聲猶振，前驅志或酬。九原知不瞑，含涕告同仇。

此豈悲歌了，憂思正襲人。方期攜手日，先喪出師身。遺集成騷屑，微生悟佛塵。譚唐兩知己，刎頸倘前因。（殉義前一月以刻集寄余海外；譚名嗣同，即前章所云死友者。）

慷慨論真俠，蕭條悵遠岑。雲迷塵漠漠，星隕夜沉沉。敵國舟中起，寃魂澤畔吟。尋常無此淚，君國友同深。

【注】唐佛塵，即唐才常（一八六七—一九〇〇），字伯平，又字黻丞，號佛塵，湖南瀏陽人，清末維新派著名活動家。一八九九年在滬創建自立會，組織自立軍，旋於漢口謀發動自立軍起義，事敗被捕，被殺於武昌紫陽湖畔，同難者共十一人。自立軍起兵勤王活動的經費，主要來自邱菽園的巨額捐獻。

唐佛塵之弟才中輓詩

孔褒死後孔融及，又是君家見覆巢。含笑從兄隨入地，尚憐收骨待封崤。光騰雷雨沉雙劍，壘望烽煙突四郊。北闕乘輿方播蕩，漢廷黨獄正相鈔。跨州連帥多豪傑，越俎何人許代庖。楚北湘南有遺恨，一時風義萃同胞。

【注】唐才中（一八七三—一九〇〇），湖南瀏陽人，唐才常（號佛塵）之弟。參加其兄唐才常領導的自立會和自立軍。一九〇〇年八月，勤王起義事泄失敗後被捕犧牲。

庚子感事六首

全盛淪大都，流離吊海隅。浮雲遮日出，故里阻文無。兵豈花門請，臣當佤胄誅。河湄拳勇者，謠信尚清扶。

六甲神郭京，田單奉卒丁。傒僮殤勿可，宛若見何靈。擾擾來烏鬼，喧喧鬧黑經。可憐丹鳳詔，原不出王廷。

延秋馳路馬，杜宇淚江花。玄廟根蟠李，黃臺子摘瓜。領軍天柱迫，前引暮螢斜。玉璽看淪井，休悲張麗華。

流水人西上，丸泥寇莫當。連棲嗤六國，失愛罪天王。北地宗支殉，南樓老子觴。驛亭懷進食，豆粥最淒涼。

慎莫信民訛，其如有國何。虛聲方報捷，瑣尾忽隨波。杜子悲三別，湘纍訴九歌。試談供奉曲，朝士已無多。

日日東南望，招招西北魂。義旗紛冷落，新鬼雜煩冤。罪己思唐德，偏安陋晉元。何時復明辟，願獻野人暄。

聞翰林院災圖書燼矣（庚子七月聯軍陷京時事）

湘東下策竟燒書，文武文章一夕墟。楚炬今看圖籍燼，西來班馬泣焚如。

湖南人秦力山道過星洲，投余以詩，臨別餞之，題此為贈

傳來黃鳥丁丁木，如聽青琴乙乙絲。花底逢君真恨晚，燭前相劍獨能奇。犬羊殘局生材憊，虎兕興歌率野疑。旦復佩刀横楫去，無言心緒酒杯知。

【注】秦力山（一八七七—一九〇六），名鼎彝，又名鄄，字力山，别號遯公、遯菴、鞏黄，湖南善化人。一九〇〇年參加唐才常領導的自立軍舉兵勤王，任前軍統領。事敗後流亡海外，從事反清活動。

【附】

道出星洲贈星洲寓公（四首）

秦力山

天南詩陣走雄師，凜凜良狐筆一枝。聞說中原民賊劇，卻應頭頸慣矜持。

投荒我自笑頑仙，況讀君詩更黯然。慘述秋魂新隊侶，琴臺樹樹眼將穿。

相逢未穩又驪歌，心事如潮夜湧多。他日鑾頭謝知己，徐陵集上補銅駝。

五千年上吾誰祖，四兆同胞盡若忘。可怪胡兒多誤我，神州此後更滄桑。（君作《黃帝本紀》萬言書，嚴辨種界，考據精審，旅外文人多未留意及此者）

（録自彭國興、劉晴波編：《秦力山集》，中華書局一九八七年版，第九頁）

送别陳儀侃、湯明水二首

皆有可憐色，他鄉送别中。交真忘爾汝，淚亦到英雄。去國八千里，垂天九萬風。前程各努力，甯復向西東。

相送情無限，高樓酒未闌。慨談天下誤，力任古人難。歲月蹉跎感，朋儔聚合歡。明朝又分手，劍氣動芒寒。

【注】陳儀侃，名繼儼，字宜侃，又作儀侃、宜菴，廣東南海人。康有為萬木草堂受業弟子，曾任澳門《知新報》撰述，後在美國檀香山任保皇會辦華文報《新中國報》主编。湯明水，即湯覺頓（一八七八——一九一六），原名叡，又名為剛，字覺頓，號荷菴，筆名明水，浙江諸暨人。康有為萬木草堂受業弟子。後參加討袁和護法運動。

寄懷梁任公二首

鸜留瑣尾滿邦畿，去國君何賦曰歸。魯史哀周書蝕日，秦風同澤告無衣。浮萍大海秋深合，神驥長途歲宴饑。一自乘槎空碧落，暮雲遙認壯心飛。

飆輪蹴浪稗瀛海，妙舌翻蓮億萬師。跡遍三洲歐美澳，道存黃種燧軒羲。觀風政教區同異，入世龍天善護持。為有潮音來水上，故山灰劫使人悲。

【附】

次韻酬星洲寓公見懷二首，並示遯菴

梁啟超

萬里投荒何日見，九原不作與誰歸。酬君駝淚和鵑血，老我蓉裳與芰衣。漫有揮戈回夕照，故應嘗膽療朝饑。人間惜別徒多事，洴澼於今遇壯飛。

我所思兮在何處，盧（盧梭）孟（孟德斯鳩）高文我本師。鐵血買權慙米佛，昆侖傳種泣黃羲。甯關才大難為用，卻悔情多不自持。來者未來古人往，非君誰矣喻余悲。

（原載《清議報》第七十八冊，一九〇一年五月九日）

和島主寄懷任師二首，次原韻

秦力山

新秋警報陷京畿，壯士風蕭去不歸。有客騎鯨來海島，無縫冤獄似天衣。亞歐各國眈和逐，禹稷頻年溺與饑。一自師門離別後，不堪南北亂飛飛。

講堂說法更吾腦，廿歲浮生不二師。怎奈年華驚電火，那堪世族數軒羲。自由平等

經開鑿，獨立新民任主持。函丈規模手中線，書來萬里總慈悲。（先生自別後，屢與人言，以為由也死矣，有書與同志頻頻問之）

（原載《清議報》第七十八冊，一九〇一年五月九日）

寄懷梁任公先生

周秦以後無新語，獨有斯人解重魂。乙太同胞關痛癢，自由萬物競爭存。江天鴻雁飛猶苦，海國魚龍道豈尊。夜半鐘聲觀四大，不將棒喝讓禪門。

【附】奉酬星洲寓公見懷一首次原韻

梁啟超

莽莽歐風卷亞雨，棱棱俠魄裹儒魂。田橫跡遁心逾壯，溫雪神交道已存（吾與寓公交一年尚未識面）。詩界有權行棒喝，中原無地著琴尊（寓公有《風月琴尊圖》，圖為一孤舟，蓋先聖浮海之志也）。橫流滄海非難渡，欲向文殊叩法門。

（錄自梁啟超：《梁啟超全集》第九冊，北京出版社一九九九年版，第五四二〇頁）

書感四首，寄星洲寓公仍用前韻

梁啟超

青史古多不平事，修門今有未招魂。西風易送殘年盡，東市難為直道存。王氣欲沉山鬼嘯，女權無限井蛙尊。瀛臺一掬維新淚，愁向斜陽望國門。

難呼精衛仇天演，欲遣巫陽筮國魂。醫未成名肱已折，法無可說舌猶存。玄黃血裹養生主，魑魅峰頭不動尊。更有麟兮感遲暮，與君和淚拜端門。

萬千心事憑誰訴，訴向同胞未死魂。淩弱媚強天夢夢，自由平等性存存。每驚國恥何時雪，要識民權不自尊。乾有亢龍坤有戰，繫辭吾契易之門。

欲教一國培元氣，要使人人解重魂。佛即眾生因不昧，相還四大我何存。君今避地為蠻長，我勸隨緣禮世尊。且學度他且自度，大同界即大乘門。

（錄自梁啟超：《梁啟超全集》第九冊，北京出版社一九九九年版，第五四二〇頁）

贈别徐雪廣徵君返里（二首）

茵飄溷墜界何空，君去儂留道不窮。獨有英雄造時世，相期猶記廿旬中。

白馬清流黨禍奇，頭顱一撫有君師。滔滔皆是吾徒輿，堪笑楊朱躑路歧。

【注】徐雪菴，即徐勤（一八七三—一九五四），字君勉，號雪菴、士芹，廣東三水人。康有為萬木草堂受業弟子，清末維新派和保皇會骨幹。

即席和大長韻

寒雲孤月正當天，六曲屏開坐翠筵。古佛化身來百億，群龍作騎遍三千。江關詞賦蘭成感，島國扶餘李靖緣。仙雨淋灕渾酒氣，餘歡隔座坐陶然。

【注】大長，即佗城大長，徐季鈞的别號。徐季鈞，字亮銓，號古梅鈍根生，别號佗城大長，福建閩清人。新加坡著名報人。曾任《叻報》主筆，參與創辦《天南新報》，繼邱菽園出任總經理。後任《日新報》主筆、馬來亞《檳城日報》總編等。

【附】

即席口占一律，呈寓公、癡公、遯公粲政

徐季鈞

美酒名華不夜天，零星知己會當筵。論交肝膽閩湘粵，問價頭顱百萬千。劫裏江山奇士淚，燈前歌舞美人緣。相逢莫話傷心事，故國丘墟意惘然。

（原載《天南新報》一九〇一年一月八日第八版）

雙林禪院訪福慧和尚，留題而去（有序）

僧福慧，初號牧菴，晚改幻菴，生平禪誦至勤，兼修頭陀苦行，閩鄉耆宿如陳伯潛、張燮鈞，咸敬禮之。因避囂，故謝去榕垣怡山大叢林方丈，遯跡海外。能通般若經，好為詩偈。余與作方外交，時過竹院，煎茶燒筍，得少佳趣，一如杜陵之頻造贊公矣。

雙林六月好幽棲，清梵泠泠佛閣西。松徑雲深山鹿過，蓮塘日暖水禽啼。東甌花雨繙龍藏，南島茶瓜隱虎溪。我學留衣韓刺史，濡毫初為大顛題。

【注】福慧和尚（？—一九一一），俗姓劉，字蓮西，初號牧菴，晚號幻菴。福建閩侯人，曾任福州西禪寺住持，一九〇九年出任雙林寺住持。工詩，著有《幻菴詩草》。

題《元遺山集》

遺山詩老興亡感，異代同符杜浣花。霜露修翎向天宇，關河高骨蹴風沙。苦心採蕨存先典，韻語雕龍斷百家。最是幽蘭灰燼後，至今纍恨起哀些。

讀杜詩述所見

元遺山論詩絕句，深譏元微之評杜未愜，有連城碔砆之喻。余為此篇既任調人，復述平生讀杜所得，貽同好者覽觀焉。

遺山尊杜詩，詩中自有連城璧。微之識碔砆，碔砆連城又何擇。休嫌微之識解低，異時苦被家孫謫。須識杜陵門戶奇，一途何勿千夫辟。舉似見韓文，相將走湜籍。平情論唐詩，中興資元白。白真廣大元稍輕，話到長篇復相掖。五言排律尤英多，屬對摛辭韻則百。黄河九曲溯真源，杜陵一線同靈脈。劇憐東家丘，冷落西州客。嗤點向流傳，身名傷逼窄。李優杜絀世何憑，飯顆酒罏賢竟戹。是時志墓有微之，忽觸平生多師益。借題仙李與推翻，抗議遺山隨見迫。憶余少瓣浣花香，都慕詞人講標格。十年略見拾遺心，始信王風未熄跡。卑之毋俟高論陳，固哉庸在千言策。開卷選體兼，龍章雜虎脊。篇終接混茫，鯨呿而鼇擲。兩吟出塞七歌連，吏別分行北征隻。更有秋懷諸將工，短長豈必區寸尺。（前後出塞七歌三吏三別北征秋興詠懷古跡諸將，以上各篇均百讀不厭者，非秪排律一體而已）歌行仙李或能兼，律切全唐誰更闞。昔掩微之自譽私，今更遺山不言惜。長歌賦一篇，來者當不易。疇歎新變出代雄，星日光芒杜魂魄。

寄丘仙根、黄公度

平分潮海筆情酣，蘇子韓公隱共龕。等是宗風傳嶺表，獨存雄直壓江南。樵峰終古東西瀑，國士於今左右驂。我學唐賢圖主客，驚天奇語素君談。

【附】寄懷叔樊星架坡

王曉滄

擲筆高樓酒正酣，九天霞彩護詩龕。唐音響出中華外，粵客思深大海南。鯨島相時猶按劍，鱷溪餞歲且停驂。支那儻倚神山望，近局多君不忍談。

（録自王曉滄著，余達勤校輯：《鷓鴣村人詩稿（二集）》，二〇〇五年重刊，第二八頁）

再次王文廣韻，題邱菽園孝廉選詩圖

潘飛聲

五嶽能搖落筆酣，七洲洋外鬪詩龕。國風遠溯支那古，吾道真正極島南。沈趙以來誰抗手，邱王平揖想挺驂。擬攜謝朓驚人句，重艤星槎對酒談。

（原載《天南新報》一八九九年五月三日，第五版）

答潘蘭史、丘菽園，用王曉滄韻

丘逢甲

龍血玄黃戰正酣，海山何處築詩龕。權書枉著蘇明允，心史空留鄭所南。斫地有歌哀驥老，攀天無路阻鸞驂。蠻雲黯黯愁思闊，聊寫新詞當麈談。

（錄自丘逢甲：《嶺雲海日樓詩鈔》，上海古籍出版社二〇〇九年版，第一〇一—一〇二頁）

寄懷菽園兼訊蘭史，疊次曉滄韻（五首）

丘逢甲

圖書供養古香酣，人與梅花共一龕。詩界九州開海外，報章萬紙貴天南。媚時經說刪沙鹿，澀體文章陋篠驂。三載相思未相見，悲天心事筆能談。

蜃氣樓臺讌舞酣，蟹行奇字補龍龕，未須管子慚三北，已遣周婆制二南。踏雪愁聞雙鶴語，排雲思問八鸞驂。爛柯山畔支殘局，袖冷飛仙怕手談。

倮蟲擾擾夢方酣，白馬朝來撼赭龕。得勝名花誇大北，翻新捷徑走終南。蒙莊玩世甘呼馬，越石論交負解驂。冷盡山中煨芋火，擁爐人懶共僧談。

十載文場意氣酣，低頭已厭屋如龕。名山遊跡鼓旂外，耆舊遺聞星斗南。榕觀尋仙呼九鯉，荔園留客駐雙驂。禮星檄雨詩情在，社散西湖憶夢談。（追懷在閩省時事）

千山霜葉戰秋酣，講舍清如老佛龕。吾道餼羊存告朔，秋風旅雁更來南。客懷聊遣浮新蟻，鄉夢難忘脫舊驂。為道愁多改潘鬢，故人何日共清談。

（錄自丘逢甲：《嶺雲海日樓詩鈔》，上海古籍出版社一九八二年版，第三八八—三八九頁）

五疊王曉滄廣文韻，寄蕭伯瑤山人，即題其集

神交天末獨情酣，貽我佳辭欲築龕。旁若無人王景略，自然流涕庾江南。扶輪大雅

須神斫，並世空群盡駙駗。前後詩盟尊七子，茂榛聲價莫輕談。

【注】蕭伯瑤（一八三五—一九一五），名馥常，字伯瑤，以字行，號瓊章，又號白雲山人，廣東南海人。終身為布衣，晚年寓居潮汕。擅詩詞、書法，有《蕭伯瑤先生遺稿》刊行。

寄題北婆羅洲鄧恭叔小滄浪亭

滄浪一曲坐漁磯，南島風薰白苧衣。山竹娟娟和露種，水禽習習帶煙飛。紅塵世外泉流石，赤日天中樹掩扉。閑課耕耘招野老，不妨客裏暫忘歸。

【注】鄧恭叔，即鄧家讓（一八七〇—一九三六），原名滔任，字友先，號恭叔、恭肅，晚年號佛恭居士，廣東三水人。早年與其兄在廣州創辦時敏學堂、時敏書局，後下南洋，在馬來亞北婆羅洲沙撈越詩巫創辦新廣東港墾場。一九一〇年回國。

寄懷陳弢菴閣學寶琛

遠天渺渺螺江水，長晝陰陰夏木居。一代經師今不鬬，百年霸跡古無諸。風塵何適思吾黨，造化安歸此寄廬。容日買山學偕隱，柴門相望使君車。

【注】陳寶琛（一八四八—一九三五），字伯潛，號弢菴、陶菴，福建閩縣螺洲人。早年入翰林，充內閣學士，後被黜歸里。宣統元年（一九〇九）奉召入京，為宣統皇帝授讀，兼充內閣弼德顧大臣。善詩，是同光體閩派的主要代表。著有《滄趣樓詩集》等。

【附】

答邱菽園海南見寄

陳寶琛

陸沉我正思浮海，市隱君翻說買山。萬里霜鐘秋感氣，重溟風羽倦知還。詩騷古意元空谷，廚及高名自遠寰。聞道鶴書南下數，肯容趺宕釣屠間？

（錄自陳寶琛：《滄趣樓詩文集》，上海古籍出版社二〇〇六年版，第五二頁）

息力雜詩（八首錄一）

陳寶琛

千戶家家貨殖雄，斯人忍獨坐詩窮。杜鵑北望年年拜，長剩風懷付酒中。（邱菽園，近甚貧）

（錄自陳寶琛：《滄趣樓詩文集》，上海古籍出版社二〇〇六年版，第八四頁）

島上晤林公孫炳章（林文忠公則徐曾孫）

文忠家世壓閩陲，虎節威名震九夷。銅柱百年銷霸氣，金貂四葉挺孫枝。看山海外星槎遠，問俗僑中漢臘思。盡學龍門壯游跡，南溟鵬運是天池。

【注】林炳章（一八七四—一九二三），字惠亭，福建侯官人，林則徐曾孫，陳寶琛女婿。清光緒恩科進士，特點翰林。辛亥革命後任福建軍政府鹽政督辦、福建省財政廳廳長。

一九〇三—一九〇九年

陳香雪（海梅）來函問訊，詩以代答

寥落文園況，年來只著書。秋風人病酒，海雨客離居。石臥隨雲冷，心齋在竹虛。偶然參偈法，結習未能除。

【注】陳香雪，即陳海梅（一八五〇—一九二四），字香雪，號我園老人，福建閩縣人。清光緒進士，被點為翰林。後因其子培錕既官厦道尹，遂寓厦鼓浪嶼，加入菽莊詩社。邱菽園與他結識於一八九六年。《菽園贅談》卷三有『陳雪香』條。

讀陶勤肅公（模）行狀因題

諸將誰當馬伏波，每緣外吏見薪勞。早艱百里親傭廡，晚靳三公莫贈刀。邊堠烽銷秦樹直，巖城花發越臺高。平生治譜兼圻重，況有儒名俠行豪。

【注】陶勤肅公，即陶模（一八三五—一九〇二），字方之，一字子方，浙江秀水人。清同治進士。一九〇〇年任兩廣總督。一九〇一年二月間，秉張之洞之意寄函清廷駐新加坡總領事羅忠堯，探查邱菽園等與康有為黨徒之聯繫，其中有為邱氏開脱之意。邱菽園作《上粵督陶方帥書》（即《答粵督書》）答覆，刊於各報。

謝鍾西耘丈書扇，再請書練

手扇從公索贈詩，詩清墨妙兩相宜。誌公摩頂吾能記，北海通家世共推。自信童年都了了，那堪華髮欲絲絲。鯫生更有羊欣練，要乞新題到獻之。

【注】鍾西耘，即鍾德祥（一八四九—約一九〇六），字西耘，一字伯慈，號愚翁，廣西南寧人，清光緒進士，選庶吉士，授翰林侍講、國史館編修。亦以詩文、書法名。著有《宣南集》《征南集》，生平手稿編為《蟄窠集》。

中立（公曆一九零四年，日俄戰於滿洲，吾國以不武故為變相之中立）

秦師未退晉師從，投骨憑人肆遠封。豈是頓邱爭隙地，無由燭武說横衡。何年任戍東門鑰，中立猶鼾臥榻容。如此江山誰是主，可憐行李往來供。

島居別業小園即事四首

一半園林闢，三分水竹居。簷遮鶯爪樹，門牓蟹行書。細棘籬穿蝶，新蒲沼躍魚。經營同草昧，吾亦愛吾初。

泉鑿斜通好，瓶爐雜置幽。羲皇同北牖，老子此南樓。月色觀常淨，蘋花採自由。蠻荒多草木，微雨便成秋。

暫息塵中鞅，還親野外喧。魚蝦通小市，鵝鴨認斜門。枯樹蒼頭禿，殘荷翠蓋翻。憑闌望山色，物理悟無言。

孔翠迎朝爽，王孫嘯夜風。小園隨落寞，吾道未終窮。地濕鋤山藥，亭孤覆海椶。藜床兼皂帽，無意賦飄蓬。

曩余與北婆羅洲國王立約，保證鄉人黄乃裳統率傭農往詩誣港拓闢耕地，名其地曰『新福州』，期望甚厚。遽聞别衆而歸，不能無慨，爰賦此詩以重惜之

吾生妄挾虬髯志，今世誰當李藥師。長鋏燈青焚義券，寒窗漏短覆殘棋。南來空目新州闢，東望偏驚舊岸移。未必叩關輸海客，成連孤棹更何之。

【注】黄乃裳（一八四九—一九二四），原名久美（玖美），字紱丞、韍臣，號慕華，晚號退菴居士，福建閩清人。清光緒二十年（一八九四）舉人，為邱菽園同年。參與百日維新，戊戌政變後被通緝，到馬來亞沙撈越詩巫創辦新福州墾場。後回國參加同盟會的革命活動。

贈别黄詔平拔萃即疊其留别原韻

薜蘿小住萬山深，文字投荒抱古心。一劍騰霄驚夜氣，羣龍作騎唱潮音。江風催别渾無賴，野鳥忘機衹自吟。料得故園松菊在，霜枝猶耐滿頭簪。

【注】黄詔平，即黄景棠（一八七〇—約一九一五），字詔平，廣東新寧人。出生於南洋，青年時代回中國參加科舉。後在廣州創辦實業，是當時廣東知名商人、企業家。擅詩能文，酷愛藝術。著有《倚劍樓詩草》，邱菽園為之作序。

【附】

留別邱菽園、林芷儔（二首）

黄景棠

人海萍蓬此盍簪，玉山情話酒杯深。文成漢上題襟集，浪打江頭擊楫音。萬事孰如知己樂，一拳先訂久要心。閉門各有開新業，莫作滄江歲暮吟。

元瑜書記杜陵詩，脱稿傳觀絕妙詞。隻字具存眞血性，孤燈齊現古鬚眉。皋夔事業從龍虎，屈宋風騷託芷蘺。欲把前程作天問，煙波明日又相思。

（録自陳寂：《黄梅花屋詩話》第二四則，載《嶺雅》第二四期，一九四八年十月）

夏日見懷，並題邱菽園《風月琴尊圖》（三首）

黃景棠

塵海莽相濁，如君曾幾人。前身金粟影，朗抱玉壺春。意氣思投筆，煙波欲買鄰。蒼茫天下事，何處話酸辛。

綠遍江南草，數行希範書。披圖一惆悵，顧影幾躊躇。濁世賢人隱，遠夷君子居。南天窈煙水，聊以寄容與。

琴酒足佳日，鶯花正妙年。風前憶張緒，海上老成連。對月懷千里，停雲賦一篇。愧無五色筆，描寫入筆巔。

（錄自邱菽園：《揮塵拾遺》卷五，第四頁）

即事

青山綠水照書帷，萬樹驚秋一葉知。大事半生成破甑，中原此著付殘棋。焚香靜展龍鬚席，護筍初編麂眼籬。萍跡從來容易感，那堪夕柳對絲絲。

昔歲庚子，漢上自立會勤王兵敗，當路者謂余實遙預軍事，致名捕內地故人，憐其無辜，屢通書問，作哀憤語。余用為是二章答之，前廣其意，後告無恙（二首）

虬髯此局慨全輸，劉毅當年惜不盧。魑魅喜人過太白，鴟夷避地逐陶朱。縱橫術阻頻看劍，荃蕙情芳自筮巫。獨有戴盆來極島，空憐興甲靖中樞。驪山烽火連三月，晉室蕭牆召五胡。怪事青絲謠白馬，迷陽斑竹泣蒼梧。哀公伐魯心原曲，翟義安劉助更孤。飛雪殘鱗滿天地，敢傷一士向勾吳。

鉤黨黃巾西日徂，移山翻惜此公愚。為雄敢望田橫島，用牝長慚狄氏姑。濯足濯纓歌白石，散愁散髮弄明珠。招邀南郭吹竽士，調笑東鄰賣酒胡。漸看稚子通蠻語，共種桄榔課獠奴。阡陌分行同部勒，冠裳幅布雜睢盱。目中飛雁雲羅淨，睡起嬌鶯翠羃呼。獨立岧嶢吟望遠，釣臺築後廢陰符。

少年

橐筆曾遊萬里餘，少年名跡滿公車。未酬金鐵連飛騎，竟老漁樵伴著書。窮島風煙孤客路，七洲雲物好樓居。日光野馬青松塵，爾室何嘗廢掃除。

李勉林尚書（興鋭）總制吾鄉，欲以全省礦政交余督辦，嘗託籍紳陳伯潛丈來書先容，見余不答，乃再三言之為通，其意甚婉。余終對曰：吾不堪也，並附詩謝

謝公山賊虛加號，揖客將軍漫見收。擁篲誰當招駿骨，揮鋤終恐笑龍頭。翩翩黃鳥迷邦族，望望青山負壑舟。力絀翻憐貞疾在，荒濱五月尚披裘。

【注】李勉林，即李興鋭（一八二七—一九〇四），字勉林，湖南瀏陽人。歷任天津海關道、福建按察使、江西巡撫、廣東巡撫等。一九〇三年署閩浙總督，整頓福建財政、軍制，次年任兩江總督。陳伯潛，即陳寶琛。

秋日溪樓偶興

大堤門外柳絲長，七月蠻荒葉未黃。伏枕漲喧知晚集，登樓酒病覺秋涼。飛來海燕猶營壘，話到江鱸自憶鄉。不信炎天無雪地，看人華鬢慚成霜。

讀書

蕭閑長自惜三餘，技熟屠龍願未虛。天下功名在賈販，英雄心事入畊漁。何嘗負腹猶耽酒，且當還山再讀書。養氣莫辜琴劍意，馬相如是藺相如。

御史趙啟霖以參慶王奕劻父子被譴

一池春水風吹縐，干卿底事便來奏。天子偏弗問南陽，小臣何敢彈貴胄。家人婦女亦尋常，富貴易交厭糟糠。豈有趙普作樞密，不容萬貫屋子藏。南山介壽門如市，吉甫士女同燕喜。楊花飛絮欲上天，勿避五花驄御史。是何書生可以已，既取我子毋室毀。雷霆天威顏尺咫，仗馬一鳴斥歸里。噫吁嚱，是何書生可以已！

【注】趙啟霖（一八五九—一九三五），字芷蓀，號澥園，湖南湘潭人。清光緒進士。曾任河南道、江蘇道、山西道、監察御史。一九〇七年因彈劾慶親王奕劻父子受賄案被革職，得社會聲援而獲復職。著有《澥園集》。

兩廣總督周馥屬丘逢甲、黃景棠勸余出山，余置不答，或者疑之，詩以見意

嫋嫋秋風動桂馨，煩君招隱挽長征。幽居誰逐虛空足，色授偏憎雜珮聲。未恥銜參儕屈宋，豈聞酒困事公卿。驕心莫訝因貧長，眾飲時看召步兵。

【注】周馥（一八三七—一九二一），字玉山，安徽建德人。早年入淮軍，為李鴻章得力助手，歷任直隸按察使、布政使，四川布政使，山東巡撫；一九〇四年升任兩江總督，一九〇七年調任兩廣總督。

春日醉中得林子虬寄詩，次韻（二首選一）

懵騰中酒不知春，多謝關心到故人。久慕太常昏飲醉，已隨端木散財貧。虛空粉碎何容足，世界金剛尚有身。隱几青山無一語，百年閱盡去來因。

【注】林子虬，即林鴻蓀，字芷儔、紫虬、子虬（亦作子球），號箸籌、兩厓遊子，廣東新會人。曾任香港《華字日報》主筆、《新小說叢刊》主编，後任新加坡《天南新報》主筆。有《客星吟稿》二卷，為流寓星洲之作。

【附】

邱菽園觀察新銜恩命將之任廣東，詩以賀之（四首選一）

林鴻蓀

浮海頻年賦索居，蒼生待命客雲廬。動人姓字同君實，壽世文章麗子虛。蠻語未教沉黨錮，虯髯那許老扶餘。君門萬里綸綍沛，莫道時艱畏簡書。

（原載《天南新報》一九〇一年十一月七日第八版）

覆展章太炎先生夙所貽函，漫題其後

當時置驛盛通賓，吐玉緘書致角麟。一語從矜天下士（蒙以『天下士』見稱，推挹通情，甚愧其意），十年看老眼中人。文章自昔能摧敵，日月於今更斬新。最是平生相厚意，論交萬里出風塵。

楊侍郎率艦巡洋至坡，詢菽園，或答不知

菽園本是空名號，慚愧身猶賃廡居。便許旁人作知己，漫勞熱客駐飛車。窗前時有

不除草，篋底難拋未了書。幸得桃花能解事，流來莫誤武陵漁。

【注】楊侍郎，即楊士琦（一八六二—一九一八），字杏城，安徽泗州（今江蘇盱眙）人。清光緒三十三年（一九〇七）任農工商部侍郎，同時受命為考察南洋商務大臣，率眾乘艦到南洋十餘埠考察商務。

排悶

天中月色太高寒，海上珠光只獨看。戴笠苦吟詩與瘦，拈花微笑佛同歡。休騎鶴背無長物，也識獐頭有達官。一局棋枰何日了，可知黑白遜旁觀。

鳳麓賃廡即事

竭來吾似退房老，入耳蒼涼百感生。宿鳥選枝聒薄暮，寒蟲吊月咽殘更。不勞童子開門視，又見秋風在樹聲。地僻身閑年易過，誤人書卷困人名。

林琴南先生（紓）自京師講次以銅盒硯子託巡洋使者遠致之余，上刻陶潛撫孤松畫，本亦先生所自為也，賦答

金城原合墨卿居，萬里能通縮地壺。谿谷嶄巖招隱賦，聲詩刻劃撫松圖。盤桓自拜韓陵贈，重載人傳鬱石俱。比似支機煩漢使，孤山梅訊未全孤。

【注】林琴南，即林紓（一八五二—一九二四），原名群玉，字琴南，號畏廬，別署冷紅生，室名春覺齋、煙雲樓等，福建閩縣人。清末民初著名古文家、翻譯家和畫家。一八九九年，邱菽園將林紓撰《閩中新樂府》作為訓蒙善本，列入所編『孩提知愛叢書』，在新加坡重刊。

冬日鄉思

密霰成冬序，窮溟得氣偏。斗南迴北望，鄉思落樽前。短策拳毛駿，枯槎縮項鯿。故山多野興，不見自年年。

寄潘老蘭北遊

早日三河負盛名，為添老氣入幽并。西山翠色庸知爽，東海黃流未易清。大小兒曹

誰薦表，下中人物自簪纓。興來莫向金臺望，玉露何嘗到馬卿。

鄧恭叔至，自北婆羅洲訪余陋巷

入門猶認鬢飛蓬，歲月驚驅鱷海中。馳獵北平思射虎，草玄西蜀悔雕蟲。蠻鄉淫滯連江雨，火日炎蒸極島風。多謝故人親陋巷，暫時相慰一樽同。

答贈陳子丹來書

閉門自弄江頭月，驚座能貽海角書。貸粟監河高世行，繡詩題牓愛吾廬。心輕萬里頻通驛，家住雙溪舊老漁。同逐文身余更遠，關城秋訊近何如。

【注】陳子丹，即陳步墀（一八七〇—一九三四），又名慈雲，字子丹，號雲僧，齋名繡詩樓，廣東饒平人。以名諸生隱於商，是清末民初香港詩壇活躍人物。著有《繡詩樓集》等，輯刊鄉邦文獻《繡詩樓叢書》三十六種。

【附】

次韻答邱菽園先生煒萲星洲

陳子丹

飛卿才具八叉手，安世名傳三篋書。我不識君憑想像，山應呼汝作匡廬。人情冷暖籠紗變，時事江河竭澤漁。同欲高文挽頽靡，愧無典冊用相如。

（錄自陳步墀原著，黃坤堯編纂：《繡詩樓集》，香港中文大學出版社二〇〇七年版，第一二一頁）

酬梁又農，兼呈蕭伯瑤

師襄入海徒懸磬，少伯浮家屢散金。鬱鬱久居成代序，冥冥何篡有山林。鯨鐘氣感霜天迥，蠻島春回午日陰。自分儒冠甘世賤，江湖滿地況愁霖。

【注】梁又農，即梁湑（一八六一—一九一九），字瓊仲，號又農，廣東東莞人。早年習舉子業，後棄學，到香港經商。能畫善詩精篆刻，多與港粵名士唱和。有《不自棄齋詩草》刊行。

【附】

寄邱菽園（二首）

梁又農

魚龍百變湧文瀾，光燭天南講學壇。島國知名蕭穎士，戶庭閑福孔都官。黑頭事業看烹斡，棘手文章策治安。卻慰瞻韓定何日，九霄雲遠獨憑闌。

舉目河山感喟兼，秋風無賴入疏簾。百年事等看雲水，七尺軀猶困米鹽。縶馬可堪容我賦，臥龍應未許君潛。金門佇聽排高議，環堵蒼生早仰瞻。

（錄自邱菽園：《五百石洞天揮麈》卷七，原無詩題）

聞黎俊民孝廉訃

晨風散後落晨星，乍到邯鄲夢忽醒。愛我談玄說名理，荒厓誰復倚絃聽。

【注】黎俊民，即黎樹勳，字俊民，廣東東莞人，遷居省垣。清末舉人。一九〇〇年九月到新加坡，任職於《天南新報》。能詩善談，為邱菽園客雲廬常客。邱氏《五百石洞天揮麈》和《揮麈拾遺》卷六均有介紹。

【附】

呈邱菽園

黎俊民

撥霧排雲叩帝閽，星洲一疏攝奸魂。從知骨肉聯同志，共把心肝奉至尊（五字用杜甫句）。八代起衰文筆健，三唐遺響雅音存。扶輪巨手今誰屬，萬里天南邱菽園。

（錄自邱菽園：《揮麈拾遺》卷六，原無詩題）

寄酬許允伯（南英）

收拾狂名不值錢，敢云惇史繼前賢。希文縱復先憂國，誇父難追已墜淵。碧血成仁多死友，濁醪排悶感長年。祇餘落拓星洲老，哀樂關懷漸近禪。

【注】許允伯，即許南英（一八五五—一九一七），字蘊伯，又作允伯、允白，號窺園、窺園主人、春江冷宦等，臺灣臺南人。清光緒進士。乙未『割臺』後內渡，寄籍福建龍溪。加入厦門菽莊吟社。曾遊歷新加坡等地，後在印尼病逝。有詩集《窺園留草》。

【附】

送邱菽園觀察回海澄（時奉其先封君靈柩回籍）（二首）

許南英

一刺來投萬里奔，主人先我返邱園。幾囊束筍新詩卷，雙袖酬花舊酒痕。冀北乍欣逢伯樂，汝南翻悵別陳遵。窮途作客真無奈，多少心胸未敢言。

多少心胸未敢言，星洲何處是龍門？功名阨我終安命，筆墨逢君亦感恩。別酒忍添遊子恨，靈旗長護大夫魂。明年春水漳江綠，為我呼童一啟軒。

（錄自許南英：《窺園留草》之『丙申年（一八九六）』，『臺灣歷史文獻叢書』一九九三年版，第三九—四〇頁）

送邱山根水部遊歷南洋，兼柬邱菽園（二首）

許南英

倚裝相見鱷溪濱，避地匆匆共五春。浮海忽生塵外想，問途偏媿過來人。蠻花犵草皆生色，柔佛詩仙恍結因。還是扶輪風雅手，莫傷淪落是遺民！

掉頭入海向南荒，十丈文星作作芒。號令曾驅十萬卒，朗吟直過七洲洋。身經小劫多奇氣，話到中原有熱腸。為告前途東道主，許三宦跡滯仙羊。

（錄自許南英：《窺園留草》之『庚子年（一九〇〇）』，『臺灣歷史文獻叢書』一九九三年版，第五五頁）

遣婢

種得花枝乞與人，東君無計永留春。烏衣朱雀斜陽影，廝養牙郎落絮身。竹裏樵青虛打槳，奩前小玉黯隨塵。低鬟戀別牽蘿屋，翠袖單寒諒主貧。

追悼故任新嘉坡總領事黃遵憲四首（黃字公度）

寥落斯文際，天心竟莫論。不知吾國有，似此幾材存。廣野風聲大，空林月色昏。九原餘結習，夜夜愴吟魂。

大雅思前哲，空山惜此身。即論文苑傳，已過列朝人。手口由相代，歌謠妙率真。都成小遊戲，能事早開新。

息力思隨使，知音薛福成。新編日本志，載濯洞庭纓。白眼空餘子，黃車阻遠程。退飛終止足，屹立隱長城。

人境廬空在，蘇詩愛和陶。羅浮招几案，山海夢蕭騷。瑰瑋新詩史，淒涼故節旄。墓門豐石峙，徵實有吾曹。（指梁啟超為之表墓）

星洲雜感四首

天監遺碑渤海山，通津原不設重關。風輕少女宜銷夏，露立金仙自駐顏。赤道迴流蒸黑子，黃人去國雜烏蠻。誰從貢道徵三保，甌脫偏聞赦此間。

息力門荒故道荅，濤聲依舊擁潮迴。桃源甲子銷秦劫，竹箭東南茂楚材。大鳥海風宮室享，半旗星月陣雲隤。興衰幾易千年局，井里遙連望古哀。

秦師掌鑰列高牙，王税猶憐饇朔誇。南服妖巫沉毒鼓，西來戍卒競清笳。平原綠淨苔生壘，叢葦熹微水作家。佔得白榆盈路植，居人從古廢桑麻。

雄風四面蕩潮流，島外煙光一覽收。庯厚西鄰天設險，憐非吾土客登樓。千艘重譯紆閩粵，終歲單衣比夏秋。慚愧漁樵成獨往，娵隅漸復解蠻謳。

一九一〇——一九一二年

康更生先生檢定拙稿，復出大作屬校

詩心原雜妙香熏，誰復相知定我文。花雨曼陀諸佛說，清風楊柳古詩云。殿中交代無公等，天下英雄有使君。變雅離騷今世感，從容尊酒暮江雲。

【附】

菽園絕世事而苦吟，其詩精深華妙，大成矣。授記摩頂，成佛生天

康有為

採藥靈山歷苦艱，一朝換骨得金丹。驂鸞化鶴飛昇去，俯視腥膻人大難。

（錄自上海市文物保管委員會文獻研究部編：《萬木草堂詩集——康有為遺稿》，上海人民出版社一九九六年七月版，第三〇三頁）

康更生先生自五大洲遊歸，重晤新坡，蒙出詩稿全集屬校，感賦四首

蓬島無端有斥仙，敢從人外和孤絃。刺舟海上成連調，乘馬山高管子篇。舉世彎弓思射隼，同時學佛讓生天。壯遊四部詩千首，李集誰堪作鄭箋。

慘淡風雲久遯荒，但論詩界合稱王。杜陵忠愛悲君國，屈子芳馨動楚湘。渺渺寥天飛隻鶴，森森萬木繞虛堂。乾坤終古皆陳跡，我自低吟欲斷腸。

閑中歲月混樵漁，去去南溟尚託居。茅屋秋風鴉踏葉，板扉斜日蟹行書。班荊共話憐椒舉，繁露傳文識仲舒。長醉高歌長劍舞，天心人事定何如。

青山隱几篮明夷，同俯濠梁惠子知。四壁雲嵐人讀畫，一窗燈影客敲棋。編成圖史

寰瀛壯，看罷楸枰國士悲。收拾雄心付蕭瑟，尊前無恙且哦詩。

康炳堂先生《留芳集》遺稿題辭

儒門吟弄坐春風，伏老傳經九十翁。三尺芰荷天下白，一庭桃杏日邊紅。陶公山色招籬菊，永叔秋聲警夜蟲。後死從人數遺墨，夕陽把卷弔詩窮。

【注】康炳堂，即康輝，字文耀，號炳堂，廣東南海人。康有為之高祖父。講學粵城，餘事為詩。有《留芳集》，康有為整理，一九一三年在《不忍雜誌》刊佈，後收入康氏先世遺詩集《誦芬集》刊行。

覽康竺蓀先生（達節）《于役贛閩遺草》感題

家在東西樵粵嶽，村鄰南北望楊盧。乃翁床上書連屋，此老文昌氣似珠。鮑照偏工行役詠，王維終愛輞川圖。右江左海歸來日，開卷新詩紀影孤。

【注】康竺蓀，即康竹蓀，名達節，廣東南海人。康有為之從叔。嶺南名家朱次琦門人，康有為少年時從其學。工詩善畫，詩學太白，畫擅梅竹。著有《于役閩贛遺草》，未刊。

聞丁叔雅客死上海，追悼成此

鷓鴣客裏寂春風，逝魄江南望嶺東。秋士無家疑蕩子，王孫失路恥寒蟲。尋來華表人誰是，潤定遺文世孰公。聞說欲歸歸未得，馮劉異代吊三同。

【注】丁叔雅（一八六八—一九〇九），名惠康，字叔雅，號惺菴，廣東豐順人，清末福建巡撫、藏書大家丁日昌之子，繼承其父『持靜齋』藏書，為『清末四公子』之一。曾參加維新變法，後在北京閒居。擅書畫、工詩詞，著有《丁叔雅詩集》。

送江少泉返國

南浦春遲晚漲添，銷魂別路送江淹。七洲離島如鷗聚，三月蠻雲比日炎。縱酒未教狂氣盡，傷時況復客懷兼。中原一髮青青在，大海明星夜夜占。

【注】江少泉，即江孔殷（一八六四—一九五一），字韶選，又字少泉、少荃，小字江霞，號蘭齋，世稱霞公、江太史，廣東南海人。清光緒進士。少年時即拜康有為為師，後入萬木草堂，參與公車上書。後在廣州經營農場，以美食家著稱。擅書能詩，有《蘭齋詩詞存》。

庚戌中秋島上望月（寫奉南海先生）

島夜全銷暑氣蒸，秋痕猶隔瘴雲凝。相看仙蚌含珠淚，何許明蟾轉玉繩。風露三更傳獨怨，塵寰萬里阻飛昇。辜他羈旅稱佳節，待到良宵負月恒。

【附】

庚戌中秋，菽園賦坡島望月詩，哀吾幽放詞意，園樓繞廊徘徊，垂簾讀所作，感慨酬和

康有為

久視太清尚雲翳，無枝烏鵲又南飛。水晶簾下玲瓏見，藻荇影横徐步歸。碧海青天悔靈藥，瓊樓玉宇自清輝。亦知圓缺渾無定，天上人間有是非。

（錄自上海市文物保管委員會文獻研究部編：《萬木草堂詩集——康有為遺稿》，上海人民出版社一九九六年版，第三〇三—三〇四頁。『烏鵲』原誤作『烏鵲』，『圓缺』原誤作『園鈌』）

紀江御史去官（有序）

吾閩莆田江杏邨侍御（春霖）上疏，自比包拯，卒以嚴劾慶王奕劻、語涉先朝德宗舊

案去官，全臺公憤，保留不報。自出都至還里，道過閩風，逢迎恐後。

全臺義激舉幡情，長路人傾辟戟行。何日朱雲旌檻折，莫期包拯笑河清。帝魂杜宇攀髯墜，臣里莆田脫足耕。大事闕廷宜百慟，江潭逐後哭吞聲。

【注】江御史，指江春霖（一八五五—一九一八），字仲默，一字仲然，號杏邨，晚號梅陽山人，福建莆田人，清光緒進士。曾任都察院御史，因直言諫上，屢劾權貴，屢遭貶責。後憤而去官歸鄉。有《江侍御奏議》《江春霖文集》《梅陽山人詩文集》等。

五禽言（有序）（五首）

於時國會速開，既不得請藏人，方以達賴叛逃虛位，爭謀賄襲政府。復以海軍無貲興復，四出乞哀。首樞奕劻久尸高位，嗜利無恥，寖成風俗，識者皆知清室之必亡矣。

不如歸去（諷國會也）

不如歸去，不如歸去。見彈思炙何太遽，朝四暮三賦群狙。七年病艾且猶豫，九萬雲程莫翔翥。諮女臣庶，不如歸去。

阿彌陀佛（嗤藏事也）

阿彌陀佛，阿彌陀佛。真有狐埋復狐掘，老僧本來無一物。昨為法輪王，今為行路乞。孰是大善財，來充舍利弗。光頭黃皺，阿彌陀佛。

行不得也哥哥（憐海軍也）

行不得也哥哥，行不得也哥哥。鷁首全摧無渡河，刻舟求劍理則那。宮中釵工百萬多，利涉大川況涉波。云胡思借估客力，徒令貽笑北山羅。君如彼哉奈何，行不得也哥哥。

得過且過（刺首樞也）

得過且過，得過且過。休休有容臣一個，默默無言佛上座。營巢鳴鴞手口瘏，布袋和尚肚皮大。龍蛇神州沉，燕雀華堂賀。曠野飛鴻哀，貴人饑鷹餓。飽餐穩臥，得過且過。

泥滑滑（感身世也）

泥滑滑，泥滑滑。獻石何人足可刖，征茅無邪蕭同拔。徐福三山偕遊仙，谷永五侯誇筆札。獨有空山窮著書，天不雨粟哭蒼頡。一身安足謀，世人皆欲殺。肥者鶖鶬，攫者雕鶻。聲戞戞，泥滑滑。

寄酬張幼亦（秉銓）

窮島風霾落日昏，送詩人共葉敲門。久浮海外孤琴調，喜向花前倒酒尊。萬里吟懷增客感，五朝名輩幾人存。遙知強健今猶昨，團扇絺蕉臥晚村。

【注】張幼亦，字秉銓，福建侯官人。清同治進士，官四川知府。光緒年間到臺灣，為撫墾總局記室，曾草《禦夷制勝策》上之樞府，頗為時論所稱。

晚過嘉東

平原馳道帶疏林，隔絕炎雲一徑深。錯落磯亭涼汐信，分行椰竹淨秋心。風攲漁艇廻帆受，雨漬樵蹊引草侵。時有蠻花開爛漫，紛予內美入騷吟。

猶記一首，寄康更生先生

猶記清和是夏初，平分風月到樵漁。盡閑世上扶輪手，來話山中種樹書。卓午修篁能請客，蕭辰野寺又停車。看殘蓮菊乘蒓興，歸訊憐儂尚素居。

覆閱十七齡時所作《庚寅偶存》詩稿一卷，感而成詠（二首）

元公十六饒秋思，賦就清都絕妙辭。我也芳時塗抹過，問年一歲長微之。

少年意象存真面，慧業雙資彼一時。我比定菴差解脱，不貪重定菽園詩。（龔定菴有句云『他生重定定菴詩』，余故翻其意而用之）

【附】

題《庚寅偶存》二律

許南英

思藉文傳本下乘，漫將此意例先生。月能自照宜留影，花豈無香便累名。不用人憐知舌在，從教鬼泣此詩成。海枯天悶供搜索，知已殘更共短檠。（菽園孝廉原刻此詩時，猶困童軍

也，故追慰之）

十年前事費評量，敢信詩窮道不昌。天老高才艱重任，名先不朽快文章。性情摯處言偏淡，意氣真時味愈長。折挫輪番添閲歷，冥冥位置未尋常。（孝廉詩多見道語，實從屢經鬱塞得來）

（錄自邱菽園：《五百石洞天揮麈》卷七，許南英詩集《窺園留草》未收錄）

暮宿山寺，夜半不寐，起弄明月，欣然忘倦，及聞鐘動，知已曙矣

桑下遲留一宿緣，閑煨芋火伴諸天。花園淨宇春同永，雲共幽人夜不眠。萬井交光垂月正，四山迴響度鐘圓。何當喚起魚龍睡，因指同參悟後禪。

檳嶼寓次秋日望海

一菴霧雨傍檳榔，地近津亭海色涼。依樹暮雲寒淰淰，低帆遠日白荒荒。魚龍氣肅隨秋令，鴻雁音勞殢水鄉。從道南洲長苦熱，南洲偏有鬢邊霜。

贈林景商（輅存）

蕩盡田廬島上家，脱離荊棘返桑麻。驚雷阡隴猶攀柏，愛日溪山記種茶。夢裏風濤雙鹿耳，詩中世系一梅花。若翁絶作吾能品，八友吟成悵落霞。（指鶖雲文）

【注】林景商（一八七九—一九一九），名輅存，字景商，號鷺生，又號東海棄民、怡園小主人等，福建安溪人，少隨父林鶴年（字鶖雲）寓臺灣，後内渡居厦門，與其父在鼓浪嶼組『怡園聚詠』。清末在京參加變法運動，後回閩執掌書院。民國後曾任國會議員。

答江霞公太史秋日見懷原韻

悲哉秋氣知何限，開眼新詩迸淚看。未信斯人獨憔悴，由來吾道屬艱難。填胸翻怪因誰熱，庇厦終羞託士寒。恰正風高萸酒熟，放懷且整杜陵冠。

【注】江霞公，即江孔殷（字少泉），見《送江少泉返國》『江少泉』注。

【附】

星洲初晤邱菽園賦贈

江少泉

孤琴海上不輕彈，檢到行囊倍影單。故國平居多問訊，天涯一見正艱難。南洲獨嘯云胡託，東野能詩未是寒。知有傷心懷抱共，殘山如畫醉中看。

（録自江沛揚：《滄桑太史第》，花城出版社二〇一六年版，第一一八頁）

福州獨立軍起，詩以紀事

依然唐月照三郎，臥看秋星報七襄。牛女天囚分野坼，勾餘國土霸圖長。風高雁羽通衡浦，浪激鮫珠接粵疆。（湖南助人力，廣東助財力）杯酒相欣兄弟健，一時落帽正重陽。

陋巷雜事詩八首

小小門庭疊疊窗，浮家恰稱屋如艭。後樓更枕青山好，白浪寒煙阻大江。

虚室通明玩夕暉，寒英不落況翻飛。玻璃槅子玲瓏甚，容擬簾疏誤燕歸。

綠楊影裏聽鶯聲，十步青茵曳屐行。偶向讀書堂外望，比鄰環擁似長城。

一角危闌剔碧虚，盤盤斜轉認蝸廬。散仙久謫蓬瀛外，猶遣雲中最上居。

杳然煙點辨齊州，壁上丹青隘九邱。驀地山川驚改色，濃雲如墨過西樓。

妻解攤書婢疊箋，先生無事且高眠。又虚一日斜陽影，獨樹花開客自憐。

海雨離離洒碧岑，宵來藉酒敵寒侵。小樓深巷春花曉，翻遣詩中有麗心。

久蒙俗赦謝高車，自有風聲到草廬。未愛繁華況平淡，由來哀樂不關渠。

寄懷易實甫（順鼎）香江旅次

倉皇身世挈孤舟，轉徙兵間幸自由。界盡水鄉還避地，客從海國獨登樓。殘疆何限分南北，凶歲真成鬩魯鄒。萬里滄波相不極，有人時局正同憂。

【注】易順鼎（一八五八—一九二〇），字實甫、仲實，別號哭菴、一廠居士等，湖南龍陽人。甲午戰時曾兩度赴臺協助籌畫防務抗日，後入張之洞幕，曾主講兩湖書院。晚年寓居上海。工詩詞聯語，有《四魂集》《琴志樓詩集》。

闕題

長河不注萬星流，故壘猶存四塞憂。南北機鋒乾矢橛，公卿材地爛羊頭。多生誰復空千劫，一客高談更九州。極目滄煙迷處所，側身東望獨登樓。

一九一三—一九二二年

星洲晚眺

天涯緑樹報新條，日落紅亭見暮潮。芳草有情隨藴藉，碧雲無際感飄蕭。經行繡陌頻移坐，悵望滄波欲放橈。島寄自來多歲月，夷歌聊復狎漁樵。（然申浦頭俗呼紅亭）

書事，用建除體

建州王氣終，相忍徒為國。除舊啟長星，興甲指君側。滿漢内相鋤，中分忽南北。平和寇易婚，兵諫頗得力。定制布共和，禪文數行墨。執手方交驩，同舟旋異域。破碎而華離，山河將改色。危乎朝露晞，壓將陣雲黑。成敗爭此棋，菀枯憐此植。收效付何人，有味亦焉食。開門揖群盜，尚囂吾黨直。閉口欲無言，東望涕沾臆。

壯志

壯志揮金脱寶刀，窮途飲酒讀離騷。未成世上萬人敵，虚負人間一世豪。識字差能欺項羽，遊仙聊復託琴高。舊時種樹多龍化，夢裏寒聲撼怒濤。

寄懷張菊生（元濟）

友人語余，張菊生遊歐過坡，曾欲便道相訪，以乏介紹而止。

抗議猶傳政變年，疏狂吾合老晴川。飛書電疾迴天笑，結客金銷剩劍懸。只有蠻雲供嘯臥，何勞弱水引神仙。衣冠了鳥蓬門寂，賓戲無心答孟堅。

【注】張菊生，即張元濟（一八六七—一九五九），字菊生，號筱齋，浙江海鹽人。近代著名出版家。清光緒進士。一九〇二年進入商務印書館，歷任編譯所所長、董事長等職，主持校印《四部叢書》和《百衲本二十四史》等大批古籍。新中國成立後任上海文史館館長。

寄湯蟄仙（壽潛）

焦山巨熱嵇天浸，奇絕都禁老眼過。地盡南溟浮大海，遊從異代勝東坡。炎方風雨雞聲早，遠景樓臺蜃氣多。自向雲中辨江樹，歸舟天際興如何。

【注】湯蟄仙，即湯壽潛（一八五六—一九一七），原名震，字蜇先（仙），浙江蕭山人。清光緒進士，入翰林院。後受命總理全浙鐵路，又與張謇組織預備立憲公會。辛亥革命後被推為浙江都督，曾任赴南洋勸募公債總理。

椰樹

分行拔地碧叢叢，長愛疏椰夕照中。老筆雙松垂直幹，遥情百尺起孤桐。潤含雨氣連宵月，涼送潮聲近海風。比似淇泉千畝竹，南方嘉樹正葱朧。

島上月夜

星洲明月無今古，今夕何年太寂生。千里儘隨雲外隔，十分偏向客中明。淒迷塵海魚龍睡，蕭瑟風林烏鵲驚。遂令良宵容我獨，孤懷滅燭盡深更。

續玉笛詩（有序）

是歲癸丑，小春四日，四旬初度。迴憶童年，十五居鄉，詠玉笛詩頗蒙長老許可，由是浪竊時名，同輩競援昔賢謝蝴蝶、鄭鷓鴣故事，漫以『丘玉笛』相呼。爾時聞之，私心良喜，而不謂半生學問壯志無成，即坐前此慕為騷人名士之過，滋足愧也。今者羈客炎荒，沿俗自壽，從容賓友，盃酒平生，賦詩一章，聊以言志，即用舊聯作為起韻。

梅花五月江城引，楊柳三春洛下辭。廿五絃中過夢影，六千里外舊鄉思。快酬李委停杯弄，健想劉琨倚月吹。贏得洞簫生謚去，南朝文錦悔丘遲。

自題詩稿

亦傳歡樂亦傳哀，此道原知有別裁。古作莫逢今不屑，相期預聞後賢來。

對月遣懷（在陋巷寓舍作）

盈盈月色欲留痕，更送天風共一軒。苦茗試嘗清不寐，黃花相對靜無言。秋如中歲關哀樂，人有傳文過子孫。陋巷自尋蔬水趣，未須丹訣事玄門。

追輓寄禪和尚（有序）

和尚未圓寂時，曾以其所自著之《八指頭陀詩集》託湘人陳範郵以視余，詩誠雋妙，甚有唐音。余以為文字禪悅，凡由儒入釋者大抵能之，如宋代九詩僧之類，尤專門以韻語名家，雖甚偉異，究非禪家裏本分事業，未之奇也。頃聞其提倡宗乘，結集法侶，復迺躬走京師，力争各省吏民侵佔寺產等事，憂勞況瘁，至以身殉而後已焉。此則誠非夙具道眼離諸恐怖者不能矣。末法陵遲，禪門寥落，譬彼洶流，忽失導者，眷懷世衆，可悲滋大，固不僅為和尚哀也。

僧輪摧法會，鈴塔泣幽燕。劫自驚三武，身隨寂四禪。鶴林悲曷已，鴿影怖尤憐。未信孤燈盡，諸方正火傳。（和尚涅槃後，其得法大弟子，如北京法源寺道階、武昌佛學院太虛，均闡教一方，名震宇內。）

【注】寄禪（一八五〇—一九一二），法名敬安，字寄禪，曾燃二指供佛，自號『八指頭陀』，俗姓黃，湖南湘潭人。清末著名詩僧。一九一二年創立中華佛教總會，任會長。有詩集《八指頭陀詩集》《白梅詩》。

舟中廻望星洲

大湖廻望海中浮，抗帶諸蠻得上游。東下長江天北極，南征盡室月西樓。乘槎未是窮麟鳳，轉磨猶然困馬牛。認取巢痕芳草岸，故鄉有例説幷州。

題蘭史《西泠泛棹圖》

白蘇遺跡西湖勝，山色波光問六橋。風月君餘圖畫在，雲萍人向海天遥。梅林寒碧飄孤嶼，花港安流蕩短橈。江草有情驚歲晚，滄洲無奈對生綃。

【附】題邱菽園《風月尊酒圖》（二首）

潘飛聲

雲萍何事感飄蕭，域外湖山放棹遥。故國未堪尋樂土，詞人從不負良宵。五羊北望懷離索，一鶴南飛倘見招。分我海天涼處坐，荻花無際月初潮。

三山明滅翠浮浮，縮取滄浪認五洲。風月有情天與豔，琴尊無恙莫驚秋。似聞帝子黄陵曲，何減髯蘇赤壁遊。蜃市鮫宫誰掛眼，烽煙横海不迴頭。

（録自前人抄件）

庚申霜降節維舟廈門（九月十三）

閩海離蹤兩歲星（自丁酉至今庚申，二十又四年），沙鷗聚散感飄零。維舟鷺島秋光滿，鄉樹連山照眼青。

星洲寓廬即事

揭來陋巷飛塵隔，更喜吾廬佔地偏。退步儘容江海闊，高吟常在漢唐前。三弓草草閒庭院，廿載匆匆俠少年。舉似張融成不繫，陸原無住海無船。（余近卸去報社之役，暫置生事於不問，但以賣文自給。）

懷林宗孟（長民）燕京

燕京久駐林宗孟，學說深研馬克思。愛我頻勞封遠字，酬君尚乏獲新詞。推溝匹婦驚無告，築室低層賴有基。任謗少年豪結客，能忠主義弗求知。

【注】林宗孟，即林長民（一八七六—一九二五），字宗孟，福建閩侯人。民國初曾任臨時參議院秘書長，眾議院議員、秘書長。參與組織共和黨、進步黨。一九一七年曾任段祺瑞内閣司法總長。後參與反奉戰爭，不幸遇難。

冬日書懷

盆魚籠雀小庭除，日伴先生好著書。避世韓康猶近市，草玄揚子孰停車。枯棋待剖仙人橘，舊券閑燒博士驢。陽轉晝長宵雨寂，不曾孤負此三餘。

易老

不負青春是此公，黑頭事業惜匆匆。能將文化開南島，剩有詩情託國風。末技震驚餘子了，同時競爽萬夫雄。淺傾小嚼偏多暇，易老天涯陸放翁。

一九二三—一九二九年

題李焜焜拈梅小照

大地春光信手拈，是何年少謔傷廉。一枝早折江南訊，十月全消庾嶺炎。相狎微吟人獨立，遲眠索笑酒頻添。載賡白雪留圖卷，樂府應歌《昔昔鹽》。

【注】李烺焜（一九〇二—一九四七），名煜，字琅琨（亦作烺焜），别號宸溪廬主，又號懷溪、懷溪樓主，福建同安人。旅居新加坡，在華僑中學任會計，加入邱菽園創立的詩社檀社。一九二九年返鄉，曾在同安縣府謀職。有《懷谿樓詩稿》。

【附】

題菽園前輩《壽梅圖》（檀榭題，二首）

李琅琨

自笑生平酷愛梅，愧無佳句酬春魁。願教鼎鼐調羹手，一念蒼生濟世來。

陽春有腳到天涯，祝嘏稱觴處士家。畫裏疏枝清入骨，多君風格似梅花。

（録自李琅琨：《懷谿樓詩稿》，星洲吉甯街益文公司一九二九年版）

題黄葆光《刼後詩存》

空齋長臥學希夷，揩眼哦君刼後詩。材比焦桐心更苦，人如飛將數偏奇。雲山入夢淹遊子，竿木隨身稔幻師。且喜追亡重抖擻，快澆胸塊引深巵。

【注】黃葆光（?—一九五二），原名寶光，又稱葆光，號半禪居士，室名觀世三昧室，金門人。旅居新加坡。善詩、精書法，加入邱菽園創立的詩社檀社。其《劫後詩存》曾在邱菽園主編《南洋商報》副刊《商餘》連載。

酬贈江亢虎博士

丈室觀生定後身，阿誰入座策鞾呻。調獅故技差知倦，又見當前伏虎人。

【注】江亢虎（一八八三—一九五四），原名紹銓，號洪水、亢廬，安徽旌德人，生於江西弋陽。一九一一年創立中國社會黨，一九二二年創辦上海南方大學，任校長。後流寓國外，一九三九年回國，在汪偽政府中任國務委員、考試院副院長。後以漢奸罪名被捕，在獄中病故。

【附】

贈邱菽園

江亢虎

獅子島中君醒獅，百無聞見只低眉。閑翻貝葉旁行字，悔著風花側豔詞。五百洞天探袖得，三千世界費神思。卌年湖海遊仙夢，散盡黃金剩鬢絲。

（錄自《江亢虎南遊回想記》，中華書局一九二四年版，第一六頁。原無詩題）

孫裴谷畫石，顔怡園補梅索題

靈石相期補漏天，寒梅獨與占春先。一齊寫入屏風裏，説法散花玄又玄。

【注】孫裴谷（一八八九—一九四四），名熙，號裴谷山人，廣東揭陽人。近代畫家，亦精於詩書。一九一二年赴新加坡，創辦星洲美術學院，曾加入邱菽園創建的詩社檀社。二十年代回揭陽。顔怡園，字文浩，福建福州人。一九二三年參加新加坡同濟醫院招考，獲『考取醫師』頭銜。能詩善畫，一九二四年加入邱菽園創建的詩社檀社，後與詩友創立星洲三山吟社。

【附】

題壽梅圖祝嘯虹生

孫裴谷

怡老識公前身相（是圖為怡園顔文浩手筆），潑墨寫出公前生。寫將前生壽今生，人與梅花一樣清。泰斗我已傾風久，橐筆天南欣識荊。披圖更瞻前身相，鐵石貌出宋廣平。前身後身化身夥，三生圓相摩尼瑩。朵朵寒香香澈骨，文章雄直氣縱横。佳士寫真有如此，為公請賦壽梅行。

（原載邱菽園編：《檀樹詩集》，星洲吉甯街益文公司一九二六年版）

題壽梅圖祝嘯虹生

顏怡園

梅如高士古有言，月伴芳樽雪印痕。月明花好祝宜壽，留將韻事人間存。十月先開庾嶺上，春陽來復氣初溫。天心見處當五十，從頭一一譜新翻。頻年壽寓開今日，生來靈兆原超逸。前身見説認南枝，玉笛才名不世出。依天長嘯燦雲霞，散遍諸天盈丈室。無邊雪月不勝情，洗盡鉛華昭素質。詩懷酒興兩無降，鬱勃蟠離揮彩筆。星洲一水嶺之南，遠渡春光色相參。繽紛來下十真降，高朋松竹更成三。移樽檀榭醅剛熟，蘸筆水壺墨正酣。為寫壽梅圖一幅，歲寒人物耐深談。

（原載邱菽園編：《檀榭詩集》，星洲吉甯街益文公司一九二六年版）

題《佛蓮圖》，為癡禪上人壽（上人名瑞于）

依正莊嚴是福田，田田荷葉伴青蓮。圖中寓景仍歸淨，空際聞香早悟禪。會得三身盈法界，從知九品越諸天。更欣瑞應徵師壽，誕日彌陀共後先。

【注】癡禪上人，即瑞于（一八六七—一九五三），俗名黄杏村，自號癡禪，福建晉江人，清末秀才，二十歲時出家。後往新加坡，曾任鳳山寺住持。後邱菽園捐建都城隍廟，供其靜修。與邱菽園一起倡建詩社檀社和

組織詩會，是新加坡著名詩僧。有《瑞于上人詩集》。

【附】賦謝題圖諸吟侶，並序

癡禪瑞于

甲子十一月為衲四十有八初度，自慚福薄德淺，何敢言壽。後因孫君裴谷為繪《佛蓮圖》見貽，復承諸詞丈不棄，各題佳作，爰賦一律，以酬雅惠。

頻年衣缽溷風塵，雅比蓮花笑不倫。壽邇彌陀思母難，詩添摩詰寫天真。芳辰迴首香疑夢，君子清吟句亦春。後約騷壇文字友，西方海會證前因。

（原載邱菽園編：《檀榭詩集》，星洲吉甯街益文公司一九二六年版）

星洲港口，仿渭城曲送章行嚴，別後卻寄

送君人自返崖頭，我獨停鞭為少留。目窮碧海有時盡，爭及孤鴻飛傍舟。

【注】章行嚴，即章士釗（一八八一—一九七三），字行嚴，筆名青桐、秋桐等，湖南善化人。任清末《蘇報》主筆，創辦《甲寅》月刊。歷任段祺瑞政府司法總長、教育總長，北京大學等多所大學教授。新中國成立

後曾任中央文史館館長。有《章士釗全集》。

雨中寫望

動色乾坤一破顏，簷前萬馬警潺湲。眼中塵滅多生劫，望裏雲移不定山。衝霧最憐猶冒進，倚欄翻羨得微閑。諸空點滴庸知數，我亦悲天激涕潸。

送周君南學士返國（二首）

大陸風雲正合圍，旌旗影裏刃交揮。南溟未肯垂天息，東海行看跛浪歸。猶有十年孤劍在，甯甘萬里壯心違。書生莫漫嗟無用，兩陣相須好決機。（周應唐生智之招）

周郎英發彼何人，舊陸年時戰血新。投筆自堪躬介胄，飄蓬原未悔風塵。河山兩戒當攜手，雨雪兼程不顧身。一曲早歌行路易，天涯揮手共揚巾。

【注】周君南（？—一九五九），字嚴盦，一字淑楷，湖南寧鄉人。旅居新加坡，主持崇孔中學校務、新加坡《叻報》筆政。一九二六年回國，在湖南投資開採煤礦。新中國成立後曾入陝西省文史館。

題王友竹詩稿

友竹名松，新竹人。

獻身詎便許騷壇，終屈吟懷一世殫。師友相資為學易，亂離之際立言難。愁來厄我疑天醉，夢覺將心與汝安。且快生前親寫定，懶從季緒問褒彈。

【注】王友竹（一八六六—一九三〇），名松，字友竹，號寄生，又號滄海遺民，臺灣新竹人，祖籍福建晉江。臺灣遺民詩人，主北郭園詩壇數十年。著有《臺陽詩話》《滄海遺民賸稿》《友竹行窩遺稿》等。

【附】

菽師函督《檀社詩選》題辭，兼呈釋瑞于、陳延謙、胡訓魁諸同調

王松

誰從荒外振唐音，一卷移情海上琴。禪榻茶煙銷熱瘴，青楓黑塞寄遐心。偶然韻事留檀榭，自有玄談繼竹林。浮洗蠻風椰橡氣，天涯苔緑結同岑。

（錄自《全臺詩》第十六冊，臺灣文學館二〇一一年十月刊印，第四八〇頁）

又題菽園師《星洲選詩圖》

王松

不獨開荒得第先，更將著述冠群賢。文章有幸皆登選，風雅多師盡附傳。聞見四朝成史筆，起衰八代亦詩仙。願公復握媧皇石，遍補中華缺陷天！

（錄自《全臺詩》第十六冊，臺灣文學館二〇一一年十月刊印，第四七四頁）

秋日星崎寓樓

騷騷屑屑爾何求，坐臥從人自一樓。未許鄉心憶良夜，每緣詩思入邊愁。田園蕪盡歸難好，家國微時退亦憂。如此風波行不得，滄浪無地著漁舟。

一九三〇——一九三九年

奉題癡禪開士圓通禪室

清鐘時帶落花敲，怖鴿從安佛頂巢。虛室聲中風在樹，輕舟堂下芥浮坳。不除庭草閑調鹿，自種盤松老化蛟。有約能來訪開士，近廛無此好衡茅。（星洲市中板屋獨此一座）

寄懷慧覺居士李俊承

問訊青蓮士，僧伽幾度逢。風爐疏納月，山枕寂聞鐘。入室香俱淡，稱詩興轉濃。年時搔首處，誰與共高峰。

【注】李俊承（一八八八—一九六六），字元賢，法名慧覺，福建永春人。一九〇五年到南洋經商，是新加坡著名儒商和僑領。曾任新加坡中華總商會會長、新加坡佛教總會主席。能詩，與詩人墨客結交唱和，是邱菽園的至交好友。著有《覺園集》《覺園續集》《覺園詩存》等。

【附】

《丘菽園居士詩集》題辭

李俊承

菽老吟懷健，詩情悟色空。甯教諸體異，肯與一言同。格律開生面，雕鏤極化工。懸知千載下，開巷見高風。

（錄自邱菽園：《菽園詩集》附錄，新加坡一九四九年版）

題高劍父喜馬拉亞山遊記

高君負奇氣，擲筆卓成峰。更登須彌頂，作騎馴群龍。左計長欲笑愚公，山何必移路可通。純想能飛忉利宮，次亦紲馬旋閬風。健兒身手且藏鋒，醉拈畫管醒詩筒。喝開混沌破鴻濛，盡歸行卷奚囊中。吾知高君此時興飆舉，博望鑿空收全功。噫吁嚱！須彌落機萬芙蓉，有如東西跨兩雄。今既通道無蠶叢，異時乘興更遊彼。世界八九吞雲夢，為君再鼓曲三終。

【注】高劍父（一八七九—一九五一），名倫，字劍父，以字行，廣東番禺人。現代畫家。民國後主要從事美術活動，創辦春睡畫院、南中美術院，開創嶺南畫派。歷任中山大學、中央大學教授。一九三〇年十二月在

馬來亞吉隆坡舉辦個人畫展。後移居澳門。

題陳子仲遺詩卷端，兼示令婿孫世南

如聞清怨理哀絃，收拾叢殘幾幅箋。病廢一身猶自贅，愁來千首向誰傳。舉杯有月相隨影，採藥無山可訪仙。淒絕落花禪榻畔，搜遺還望女夫賢。

【注】陳子仲，即陳頎（一八七二—一九三二），字梓仲、子仲，別署紫杖，晚號冷翁，福建同安人，生長於鷺島。早年在家鄉行醫課徒，後寓新加坡，以行醫為業。參加邱菽園創建的詩社檀社，有《紫杖詩稿》。孫世南（約一八九五—？），字雪菴，福建厦門人。陳仲子之女婿。旅居新加坡，參加邱菽園創建的詩社檀社，有《雪菴詩稿》。

【附】贈邱菽園二首

陳子仲

名士風流俠客身，清談選勝樂天真。藏嬌曾築黃金屋，玩世當為白眼人。醉墨隨緣題畫壁，高歌誰解和陽春。廿年已把頭銜棄，絕意京塵證淨因。

琴樽畫舫泛星江，筆大如椽鼎可扛。風月清華詩第一，圭璋聲價士無雙。名高海內開吟社，交遍天涯話雨窗。瞻仰龍門巍十丈，未曾入室也心降。

（錄自陳子仲：《紫杖詩稿》卷下，新加坡一九三二年刊印，第四五頁）

奉丘菽園前輩

孫世南

慷慨當年似季倫，情懷老去剩吟身。清高詩筆沖霄漢，瀟灑文章泣鬼神。冷眼瞅看疑阮籍，名花愛惜憶安仁。千金買笑傳佳話，豔事風流幾絕塵。

（錄自孫世南：《雪菴詩稿》，新加坡一九五七年刊印，『七言律』第七頁）

送友人返國

道聲珍重去匆匆，壯別風前快捲蓬。十萬甲鱗摩肚腹，大千世界整華戎。南來群島遊知倦，西出陽關曲未終。有血須為今日灑，男兒莫作可憐蟲。

閩鄉新客抵坡相訪，為言內地流亡之痛，詩以誌慨

卌載魂夢怯經過，話到鄉園涕淚多。猛虎原情輸惡稅，穹龜阻望乏長柯。好還天道垂聃叟，得反民巖戒孟軻。自笑危言陳域外，不然刀頸倘相磨。

送別陳益吾並訂旋期

君歸鷺島及深秋，蝦筍魚菘會舊遊。礁暗沒時潮拍岸，雲飛揚處月追舟。要從熱帶迴溫帶，且把重裘易裼裘。遠別難將千里送，輕裝幸但十旬留。

【注】陳益吾，即陳延謙（一八八三—一九四三），字遜南，又字益吾，別號止園主、止園老人，福建同安人。旅居新加坡，曾任新華僑銀行董事總理，是當地著名華商。經商之餘醉心於詩文寫作，常在寓所止園舉辦詩人雅會。有詩文集《止園集》。

【附】

廿四年晚秋，欲由意郵船回國休養，蒙丘菽園先生送別一律，並次韻奉答

陳延謙

梧桐葉落雁鳴秋，為愛吾廬舊日遊。十度家山空轉眼，五湖煙水泛歸舟。卅年不見霜和雪，四序渾忘葛與裘。乘興偷閒聊慰願，鄉關此去足淹留。

（錄自陳延謙：《止園集》，新加坡南洋印務公司一九三八年版，『詩集』第三一頁）

喜逢延謙先生歸國，次菽園元韻

王卓生

又是故山物候秋，羨君幽適賦清遊。園林酒熟蓴鱸市，滄海月扶騷客舟。渺渺余懷無善處，翩翩濁世有輕裘。從知雅什頻賡和，多少梁音為底留。

（錄自陳延謙：《止園集》，新加坡南洋印務公司一九三八年版，『附倡和集』第一二頁）

寓齋雨後觀物有感

葵椶葉大雨聲粗，襲枕新涼午夢蘇。觀物堂坳浮芥蟻，懸空屋角墜絲蛛。垂垂破網張能補，泛泛虛舟溺不濡。忽念風濤東岸急，蕭閑吾正恥為儒。

【附】

次萩老、俊承雨後觀物元韻（二首選一）

陳延謙

秋初暑後雨聲粗，午假新涼夢正蘇。蟋蟀躍籬驚蛈蝶，蜻蜓入室怕蜘蛛。穴崩網破還能補，地暖天寒久不渝。萬物有生皆有智，欲明世道問通儒。

（錄自陳延謙：《止園集》，新加坡南洋印務公司一九三八年版，『詩集』第二二頁）

鄭蒼亭南來募捐永春書藏，得《四庫全書》印本以歸，詩以送之

綢繆邑子讀書堂，四庫平添數仞牆。皓首不辭沿戶鉢，青年共獲饋貧糧。洪濤來往如飛渡，佳句連衎只故裝。君罷乞醯吾折柳，桃源歸去興偏長。

【注】鄭蒼亭（一八七六—一九五五），名翘松，一名慶榮，字奕向，號蒼亭，晚號臥雲老人，福建永春人。在永

春任中校校長、縣圖書館館長，主纂民國《永春縣誌》。後任教於泉州昭昧國學講習所和集美中學。一九五五年被聘為福建省文史研究館館員。善詩，有《臥雲詩草》。

【附】丘菽園先生以大著數種見貺，讀竟，賦長句為酬

鄭蒼亭

閩山入海猶俶詭，其氣每鍾為英豪。漳泉相望一衣帶，鯨鵬出入隨蛟鼇。卓吾石齋皆瑰傑，金翅排雲見羽毛。焚書果焚洞璣隱，拘儒據拾漫訾謷。豈知煉石與觸柱，神功各競衡嵩高。鳳岡（李先生威，漳人，有《嶺雲軒瑣記》，卒道咸間，書近始出）著書頗晚出，別向姚江分瀾濤。菽園先生之叔季，靈魄與之參翔翺。散財盈鉅億，讀書逾萬卷。放眼覺天低，行樂苦晝短。癡慧兩絕倫，聖狂渾一貫。量珠買伎石崇愁，傾襟結客朱家赧。摧詩刻燭輕溫李，引杯沒頭笑嵇阮。才人學人各頭低，俠客豪客恨見晚。此時國步方邅迍，內憂外患交繁殷。怪鳥時呼奈何帝，白馬不洗清流冤。呂霍上官仍搆禍，狐嘷魅噪天地昏。先生複壁藏張儉，持盃欲沃昆岡焰。隻手證挽天河傾，耿耿丹心存一點。書生變相學英雄，至竟國亡家破身亦窮。獨庸夏道變夷俗，此是先生第一功。倘舉昔賢為成例，吾宗延平將毋同。徐福虬髯何足道，箕子泰伯開鴻濛。星洲嘉名誰所命，疑是仲升犂庭絕漠肆西封。

珠厓昔年再收曾再棄，安知西域異日不因三絕復三通。君不見，五百石洞天移半島，二十年來華僑童冠禮陶樂淑詩書鎔。功成者退順回序，所以東方曼倩生平一蛇而一龍。先生此時躭禪悅，杜門卻掃娛斗室。昨者我從閩中來，海濱一揖初相識。卅年慕君不見君，一水盈盈千里隔。聞名疑當古賢看，安知亥前酉後子戍相差才二晝。倘教少壯獲親炙，擊楫枕戈效琨逖。不然子倡而我和，九攻九拒互輸翟。縱然駑驥不並馳，君為瓊瑤我錯石。胡然韓孟生同時，龍起雲從須頭白。作歌聊當木桃投，雲樹茫茫煙水碧。

（錄自邱菽園：《菽園詩集》附錄，新加坡一九四九年版）

十一月十五夜月下作

明明如月寸心孤，照到當頭影欲無。離世莫尋諸佛覺，迷邦任訕此公愚。茫茫江海身依楫，納納乾坤酒在瓠。犬吠不聞蟲響寂，中宵清露坐詩臞。

送別張叔耐

島寄悲張子，禁寒十九年。人情飛積雪，蠻地劇胡天。有字從君責，無羊與爾牽。歸歟看漢月，應比客中圓。

【注】張叔耐（一八九一—一九三九），名爾泰，字思九，江蘇松江（今上海）人。早年加入中國同盟會。一九一八年到新加坡，任《國民日報》總編，次年該報改組為《新國民日報》，他任總編兼主筆。參加邱菽園組織的詩社檀社。一九三七年底因病回國，居上海。

歲將闌矣，瑞于上人、慧覺居士先後躬到余寓問疾，並贈禦冬之具，卒歲之貲，詩以誌感

泥徑車輪寂，殘冬暮雨深。贈袍量體稱，送炭敵寒侵。親接文殊問，頻分鮑叔金。長貧兼老病，愈見故交心。

自題丁丑生壙

海山無地築仙龕，埋骨猶能躍劍潭。日下三徵終不起，星洲一臥忍長酣。飛花恍悟前身蝶，撫碣思停異代驂。弗信且看墳草去，年年新綠到天南。

聞止園詩刻成，奉懷陳益吾，用初唐體

闊别聞君好句添，收將遊卷助莊嚴。濱海寄身容小築，航空放眼快全瞻。迎秋菊意盈籬角，憂國心聲動筆尖。一集刻成松下讀，驕陽斂跡掃蒸炎。

戊寅重九，止園座上同賦時局感懷

異鄉撫序且登樓，故國烽煙阻遠眸。不學過江名士慟，難忘倚杵杞人憂。紫萸遍插成高會，黄菊紛開耐勁秋。勠力中原應視此，安排身手挽横流。

題癡禪開士詩集

黄梅久熟悟金經，流出圓音句不停。地湧淨蓮師足白，窗延列岫佛頭青。現身來往空三際，説法人天拱萬靈。敢借公詩參梵偈，清涼飲我瀉如瓶。

【附】

《丘菽園居士詩集》題辭（二首）

癡禪瑞于

星島丘居士，嘯虹昭玉津（居士廿年前曾著《嘯虹生詩鈔》行世）。高名馳北闕，偉論警胡塵。獨樹飄飄幟，爭傳宿宿人（居士撰論別署『宿宿』）。才華騰八表，戊戌記維新。

南國談華化，星洲得菽園。島名經肇錫（『星洲』兩字由居士首唱），僑界久同遵。古調知誰賞，新聲薄眾喧。洞天操玉尺（著有《五百石洞天詩話》），宛委溯詩源。

（錄自邱菽園：《菽園詩集》附錄，新加坡一九四九年版）

徐善伯見訪，因從問訊令尊君勉先生，別後卻寄

卌載交期千古心，蒼松不畏雪華侵。昨聞令子談相憶，我亦懷人獨撫琴。北望薊門安木榻，南飛星島記苔岑。重溟風羽從知倦，惆悵何時返故林。

【注】徐善伯，即徐良（一八九三—一九五一），字善伯，廣東三水人，康有為弟子徐勤之子。先後在北京政府司法部、外交部、內務部和駐美國公使館任職，三十年代到天津中原公司任職。後加入汪偽政權，抗戰結

柬後以漢奸罪被捕。君勉，即徐勤，字君勉。

詩集編成自紀

四癸（癸巳、癸卯、癸丑、癸亥）三庚（庚寅、庚戌、庚午）七卷編，五旬歲月聳吟肩（由庚寅十七歲至己卯六十六歲，共歷五十年）。了如春夢無痕過，拚作先生自傳傳。

余嘗欲編刻黄莘田、薩檀河、謝甸男、張亨甫之作為『閩中四孝廉』詩選，久久未就，至為抱憾，聊題一律，存諸集中，以留心影

有清詩裏徵鄉獻，四孝廉詩佔一籌。展卷風中逢折角，揮毫酒所共濡頭。評來謝薩矜高格，情寄黄張解善謳。王後盧前嗤點去，爭憐不廢大江流。

己卯重陽漫題

六旬又六過重陽，手發新醅似菊黄。留印乍沾襟上酒，駐顔不見鬢邊霜。聲哀鴻雁依南浦，目極雲山憶故鄉。一笑風前冠且整，猶能高詠立蒼茫。

樓居秋夕

偃臥中宵虎氣騰，小樓未熄讀書燈。窺窗一任雲和月，我是深岩入定僧。

漫成

病廢容吾懶，年衰阻世趨。潛鱗安水止，倦翮謝雲扶。變幻隨蒼狗，飛馳任白駒。此翁雖自喜，無解里人迂。

連日苦雨，寫將近狀，奉告癡禪、慧覺、益吾諸知友，兼代問訊

連陰積雨冪樓居，擁毳噙香讀異書。涼意敢隨中夏轉，炎荒陡覺晚冬如。紅泥融徑

花黏屐，綠漲侵橋轍阻車。極目蒹葭都宛在，有懷不見但愁予。

寄題止園海屋

飛塵淨浣好園居，時雨能教衆綠舒。掃葉因風三徑啟，臨流得月一舟如。有誰嘯詠同看竹，他日相思或命車。猶記誅茅前度過，天容海色晚晴初。

循覽自家詩稿，三十年前友人姓名見於集中者，迨今生存十不能一，感慨係之

詩章一讀一纏綿，別夢依稀卅載前。我已推排成老物，人難追敘到重淵。疏林秋樹明丹葉，晚景餘暉映碧天。流水滔滔心影在，伯牙長撫七條絃。

弔吳將軍（將軍名佩孚，號子玉，山東蓬萊人，歿於舊北京）

孚威將軍自指首，吾戴吾頭吾不走。有腳未嘗出國逃，有志當為匹夫守。溝中人笑

失水龍，街頭公似喪家狗。安坐圍城弗肯行，公豈有求知否否。投機說客到公前，舌覺橋如顏亦忸。公乃掀髯笑向天，百戰餘生吾何有。所欠唯存死一章，請視堂中棺一口。下壽爾木拱墓門，吾今即死猶為後。公言既發病隨攖，病乃從心真不偶。拔牙決棄附骨疽，幻身任喻垂楊肘。一瞑弗視終無言，九原可作誰攜手。遙憐私祝祈再生，馬潼酹地能代酒。我援騷例與招魂，哀江南兮廻北斗。

【注】吳佩孚（一八七四—一九三九），字子玉，山東蓬萊人。民國時期直系軍閥首領，曾被授以『孚威上將軍』名號。晚年定居北京，堅持反日立場，拒絕日本特務機關的拉攏威逼。因牙疾由日本牙醫診後卒死，人們多認為是被日本特務謀殺。其堅守民族大義，獲得時人的普遍讚揚。

嘉平望後一日，呂碧城淨友造廬問疾，兼詢持誦功課，移晷乃別，詩以紀事

竟勞問疾到文殊，聖諦從知一法無。病榻迎賓寬主禮，香臺念佛藥禪枯。前身金粟三千界，長日牟尼百八珠。留與宗門作公案，休教仙跡誤麻姑。

【注】呂碧城（一八八三—一九四三），原名賢錫，一名蘭清，字遁夫，號明因、聖因，法號寶蓮。安徽旌德（今蕪湖）人。近代女詞人。曾主持《大公報》筆政，創辦北洋女子公學，擔任袁世凱總統府機要秘書。後旅歐美，一九三〇年在瑞士削髮為尼。有《呂碧城集》等。

抗戰韻言（選七首）

全面抗戰以來，通國振勵，自力更生，在此舉矣。海外遥聽，喜益眉稜；鼓之舞之，寫以竹枝。

抗戰精神有義聲，義聲建立在和平。睡獅真被鄰驚醒，首鬣森張作怒鳴。

（吾國百年以還，久受睡獅之誚，這番奮迅，其無再睡也已。）

九天九地動征塵，誓掃煙霾不顧身。逐蠻鯨鯢東海去，反攻一著最精神！

（將倭打回東海老家去，以無條件撤兵其地，即和平之神現矣。若非抗戰又將何取得？故一而再，再而三，抗戰也。）

願學渭南盼捷師，中元恢復漢旌旗。老夫垂死目猶視，毋待他年家祭知。

（歷史無重演，後人勝前人，菽園故將陸游詩翻進一層說，乃意中事。）

莫俟溫侯射戟支，鬩牆應念鶺鴒詩。徐州經過重評古，解鬥何如禦侮時。

（自七年前『九一八』事起，國中先識者，早有停止內戰、一致禦外之呼聲提出。然遲至七年後至今日實現實行，遂奏第二期禦侮反攻之收效。）

小衄平凡了不奇，健兒虎死自留皮。適傳大捷前方報，贏得威名草未知。
（望日雖有小頓挫，韓莊五指揮員壯烈可傳。近日津浦左右中三路大捷，且已收復韓莊矣。）

漫云機器不如人，繳得俘囚件件新。赤手屠鯨堪比擬，火圍芒耀戰神身。
（第八路軍有許多新式利器，均截獲敵人運輸隊中者。昔人《舊天文傳》說，以火星為戰神象徵，因其比較它行星為紅色之故。）

來如風雨去如煙，散隊乘暇勿擣堅。深合古人兵法妙，民間耳目倌機先。
（余觀游擊隊制勝之訣，全在與民合作，諜報靈通，敵人之一舉一動，吾軍必全知之，故所發無阻而必中也。）

抗戰韻言（選六首）

決心抗戰

五千年史破天荒，喚起全民共救亡。抗日當然高一切，躬持大彗鑱鑱槍。

使山如礪河如帶，任變河山弗變心。三戶亡秦從古有，虎狼逞暴卒成擒。

戰事雜感

厦金南澳兩瘢痕，創痛難忘一息存。海盜欺吾無艦隊，沿邊七省破重門。

抗戰書感

寸寸山河寸寸金，胡塵那許聚相侵。縱然霜雪重陰閉，不改蒼松翠柏心！

募捐寒衣慰勞戰士

十萬縫車轉不停，寒衣趕製送征程。長期抗戰需年月，又屆深秋履薄冰。

倭患志憤

青空咄咄不言私，遥盼中元報捷旗。柔翰猶當椎一擊，高吟三百救亡詩。

（邱菽園所作《抗戰韻言》一百七十多首，連載於《星洲日報》『遊藝場・抗戰韻言』，一九三八年二月二十日—一九三九年一月八日）

一九四〇——一九四一年

春日偶成

春色撩人劇斷腸，老夫清興在滄浪。芳樽閑酌扶頭酒，錦石能支折脚床。萬里鄉心消不盡，百年史跡鎮非常。憑欄容易成朝暮，目送飛鴻幾夕陽。

東濱小閣春興四首（選一）

莫是前身水繪園，偶然幻想足消魂（庚子之歲康先生有為初識余面，詫謂絕類冒襄畫像，今又四十餘年矣。未知前後如何耳）。風中鳥度帆來往，海上潮迴日吐吞。故國煙塵仍戰伐，殊方雲物習溫存。漫勞車馬荒濱駐，芳草多情綠到門。

濱閣縱望

青山一角水迢迢，天末流雲不可招。海馬江豚長踏浪，鮫人蛋女慣隨潮。塵中物理重重現，身外名心故故消。徙倚危闌向空笑，遊鷗落葉並逍遥。

酬徐悲鴻速寫余像，兼題其畫馬

昔賢下筆疑有神，曹霸畫馬兼畫人。爾來一千二百載，此筆落在徐子身。十五年前星洲過，邂逅黄君（指黄曼士）客中座。墨本為余速寫真，頰上添毫傳者箇。舊遊再至成名久，豪家逢迎唯恐後。撫軀七尺抗黄塵，報國萬全存白手。篋中畫稿堂前陳，貌將騏驥逾麒麟（歐洲畫派麟馬互通）。觀者動色神為奪，筆力奚止横千軍。徐子揮毫等遊刃，雲鳥陰陽隨八陣。君不見詩老騎驢肖畫圖，何如道人養馬賞神駿。

【注】徐悲鴻（一八九五—一九五三），原名徐壽康，江蘇宜興人。現代著名畫家、美術教育家。一九一九年留學法國學西畫，歸國後任教於國立中央大學藝術系、北平大學藝術學院和北平藝專。一九三九年三月在新加坡舉辦義賣畫展，籌款捐助抗日。新中國成立後任中央美術學院院長。

小閣睡起書

難得晴和風日兼，希夷無夢睡教恬。閑門向背都依海，雜樹青紅不礙簷。過後百年誰是主，暫來一日已忘炎。野夫自喜旁人笑，為飲茶多飯量添。

餘暉

萬頃波平蘸翠微，溶溶雲木靄餘暉。遠天落日依山盡，晚浦歸帆背鳥飛。一代論才長掩卷，十年種樹望成圍。著書覆瓿差知倦，身外浮名任是非。

展亡友林琴南山水畫幅

林子多能事，丹青伴嘯歌。秋楓工點葉，遠岫擅堆螺。俯仰今成世，文唐未或過。懷人兼歎妙，海雨正滂沱。

晚望

拍拍群鷗亂，因風健羽毛。雲帆來往掛，戍角疾徐號。青靄明孤嶼，銀光湧汐濤。誰人同久立，閑倚一樓高。

答宗威

自説聞名久，神交到老知。百年能幾輩，萬里寄將詩。江海流相續，風騷運已移。蒼茫天地内，不為白頭悲。

題畫秋景

平遠秋山萬頃煙，孤亭指顧一茫然。枝頭落葉昏鴉補，渡口横舟宿鷺拳。幾抹微雲羅比薄，半奩新月鏡初懸。榛苓在望思非遠，江水湛湛欲暮天。

自遣

不分煙光是處多，秋來補屋足牽蘿。低枝庭角垂盧橘，遠岫牆頭掃黛螺。拾石海雲懷兩袖，留香山果手雙搓。新詩無意同蘇陸，聊遣騷心白日過。

漫成

把卷攲身老樹根，教人無奈易黃昏。等閒莫放西風過，攔住斜陽不啟門。

秋景即事

紅蘭開後素蘭馨，瑤草金光茁滿庭。雲映秋空無限白，嶼連遙海有餘青。珠簾流汞如孤艇，翠檻圍花展列屏。我比閑鷗長睡穩，一天涼夢在沙汀。

島上寓目四首（選二）

園亭結構傍江鄉，風俗依違尚漢唐。四季綌絺秋似夏，一天涼燠雨兼暘。輕塵弗障平沙路，淨綠相連矮竹牆。不患樵歌乏吟料，輶軒留待採詩忙。

海風吹雨響沙沙，半日秋霖灑萬家。豆蔻花穠枝欲墜，栟櫚葉亂影交斜。目窮虹彩通銀漢，音逝雷聲走鈿車。我自蔗漿消內熱，何須巨棗羨如瓜。

楊雲史惠函，並以《江山萬里樓詩詞集》刻本見寄，復謝

不圖風雨吾廬夜，如接江山萬里觴。展卷詩詞逢杜李（老杜、三李），感人頑豔過吳王（吳梅村、王壬秋）。靈心長抱磯邊石（君屢悼亡），雄志愁看劍上霜（君佐孚威戎幕）。付與漁樵作閒話，那堪身世幾斜陽。

【注】楊雲史，即楊圻（一八七五—一九四一），原名朝慶，改鑒瑩，又改圻，字雲史，又字野王，齋號江山萬里樓，江蘇常熟人。清末民國詩人。一九〇八年至一九一一年任清廷駐新加坡領事館翻譯兼書記。民國後為吳佩孚幕僚，抗戰時移居香港。有《江山萬里樓詩詞鈔》。

重經廢園

昔年門徑長蒿蘆，履跡難尋舊酒徒。階樹猶堪磨癢馬，鄰童莫禁打慈烏。試竿積水池添漲，窺牖虛堂月自孤。興廢當前知不免，蘭亭梓澤早榛蕪。

寄癡禪開士

詩心容許助禪心，淨課餘閑補夜吟。瓶濯清泉朝養菊，缽盛香積午齋禽。感秋葉落玄霜鬢，顧影燈明皓月襟。何必逃虛同入定，寒山拾得有遺音。

重陽（先一日寒露節）

客邊歲月去堂堂，菊有黃花鬢有霜。遠盼金甌悲碎塊，纔過寒露旋重陽。何心節物臨高閣，到眼江山盡異鄉。且放閑身聊作健，東皋舒嘯海天長。

庚辰十月初四生朝自壽（四首選一）

老我空存不退心，撫餘兩鬢似疏林。路遙弛擔閑觀弈，夜靜扶頭愛聽琴。身世唐詩初盛晚，門庭陶賦去來今。炎洲塵熱奚為壽，座有冰壺取次斟。

循農村過兩首（選一）

無梅無柳放蠻天，四季聞雷不凍川。猶有遺民談古俗，否知今世是何年。種來野菜花如繡，望去溪荷葉似錢。除卻打門租吏到，漁郎偶入謗為仙。

冬閣漫述

萬綠成圍列四墉，一重門啟一重封。閣中日暖常如夏，島上花多不覺冬。豹澤皮毛時隱霧，鶴巢來去秪依松。老夫肯被群芳惱，且向凋年自振慵。

展視亡友馬兆麟昔所贈畫，因題

但覺危亭積翠濃，何年手植遍溪松。近招來楫當秋水，遠見飛鴉識暮鐘。談瀑有聲涼客夢，穿雲無路阻樵蹤。仙山未許飛塵到，雪滿平林月照峰。

【注】馬兆麟（一八三七—一九一八），字瑞書，又字子般，號竹坪，又號東山里人、南州海客，福建詔安銅山（今東山）人。近代畫家。曾掌教銅山南溟書院，潛心於書畫和詩文，為詔安畫派領軍人物。有《吹劍軒詩鈔》。邱菽園於一八九二年與其結識，二人結為忘年交。

車過碧山亭廻望口占

掠遍殘陽萬點鴉，碧山亭腳雨絲斜。獨憐短碣無尋處，猶對行雲吊野花。

訪某酒家故址

不見當年舊酒徒，重來無復覓黃壚。聽殘午夜啼烏曲，折盡垂楊繫馬株。飛絮撲簾花影亂，如珠飄瓦雨聲粗。崇朝俯仰成陳跡，今昔爭教勿歎吁。

閩事感詠（因陳嘉庚揭參陳儀而作）

聚斂民間盡歎吁，盈廷結舌一言無。烹羊乃雨誰當說，信有輸金卜大夫。

【注】陳嘉庚（一八七四—一九六一），福建廈門人。著名愛國僑領、社會活動家。年少到新加坡從父經商，後經營橡膠等實業，成為南洋巨富。畢生致力於興辦教育，先後在家鄉創辦集美學校和廈門大學。抗戰時組織南洋華僑籌賑祖國難民總會，任主席。新中國成立後任中央人民政府委員、全國政協副主席。此詩所云『陳嘉庚揭參陳儀』事，詳見陳嘉庚《南橋回憶錄》之『函電求陳儀』『再上書陳儀』『陳儀拒哀求』各節。陳儀（一八八三—一九五〇），字公洽，號退素，浙江紹興人，時任福建省政府主席，兼二十五集團軍總司令。

孝威將軍見示酬羅總統詩索和

孝威陳子識機先，名震中華以外天。四國（中、英、泰、南）果然需器助，兩洋（大西洋、太平洋）從此仗防聯。分庭抗禮誰端木，玉貌圍城愛魯連。信有知來能鑒往，茅亭靜草子雲玄。

【注】孝威將軍，即陳孝威（一八九三—一九七四），原名增榮，後改向元，福建福州人。曾任泰寧鎮守使，為中將旅長；又入白崇禧部參加浙滬作戰。一九三六年在香港創辦《天文臺報》，發表許多戰略預言。後卒於香港。編著《太平洋鼓吹集》等。『羅總統』指美國總統羅斯福。

樓夜達旦

佔來一曲似橫塘，軟浪輕沙鷗鷺鄉。孤月照窗添夜白，輕颸拂面覺晨涼。一宵群動隨休息，萬古高情接混茫。短枕易醒容獨笑，老夫胸際有滄浪。

聞播音機戰士鼓吹步伐之聲，感而有作

振耳如聞軍令嚴，撫身恨不著征衫。西山無地將薇採，東海何人把石銜。病驥眼中馳萬馬，斷桅舟畔越千帆。道人癡對音機語，猶有雄心未脫凡。

夢中送人回國，醒後記之（此詩將示寂前三日作）

送子歸程萬里長，報君一語足眉揚。滿船都是同聲客，纔踏艅艎見故鄉。

同文書庫·厦門文獻系列

第一輯

壹　王步蟾　小蘭雪堂詩集

貳　張茂椿　翁吉人　固哉叟詩集　寄傲山房詩鈔

叁　蘇大山　紅蘭館詩鈔

肆　沈琇瑩　寄傲山館詞稿　壺天吟

伍　林爾嘉　林菽莊先生詩稿

陸　李禧　夢梅花館詩鈔

柒　余謇　寶瓠齋襍稿（外三種）

捌　蘇警予　謝雲聲　甲子雜詩合刊　菲島雜詩　海外集

玖　羅丹　稚華詩稿

拾　徐原白　同聲集

第二輯

壹　謝祐　賦月山房尺牘

貳　黄瀚　禾山詩鈔

叁　邱煒萲　揮麈拾遺

肆　林爾嘉　李禧　頑石山房筆記　紫燕金魚室筆記

伍　蘇逸雲　臥雲樓筆記

陸　陳延謙　劉鐵菴　止園詩集　鐵菴詩存

柒　陳桂琛　陳丹初先生遺稿（外一種）

捌　賀仲禹　繡鐵盦叢集　繡鐵盦聯話

玖　蘇警予　二菴手札

拾　虞愚　虛白樓詩

同文書庫·厦門文獻系列

第三輯

壹 胡鉉 椽筆樓初集

貳 吳錫璜 吳瑞甫家書（外一種）

叁 邱煒萲 菽園贅談

肆 蘇逸雲 臥雲樓雜著

伍 蘇警予 曠劫集

陸 黃伯遠 莊克昌 紅葉草堂筆記 感舊錄

柒 葉長青 松柏長青館詩

捌 海天吟社 鷺江梅社 海天吟社詩存 鷺江乙組梅社吟草

玖 林爾嘉 菽莊叢刻（外二種）

拾 陳桂琛 近代七言絕句初續集

第四輯

壹 吳藻年 吳兆荃 繪秋樓詩鈔 小梅詩存

貳 呂澂 介石山房詩稿（外一種）

叁 邱煒萲 嘯虹生詩鈔

肆 李維修 寸寸集（外一種）

伍 沈觀格 拙廬談虎集

陸 江煦 草堂別集 圭海集

柒 謝雲聲 靈簫閣謎話初集

捌 曾兆鼇 玉屏書院課藝

玖 林爾嘉 菽莊小蘭亭徵文錄 鷺江泛月賦選

拾 江煦 鷺江名勝詩鈔